내 인생의 자산,
무데뽀 정신

내 인생의 자산, 무데뽀 정신

발행일	2017년 01월 03일

지은이	이 봉 자
펴낸이	원 성 철
펴낸곳	(주)꿈틀

출판등록	2015. 12. 1(제2015-000053호)
주소	제주도 제주시 조천읍 선교로 198-1
홈페이지	www.memorialbook.kr
이메일	edit@memorialbook.kr
전화번호	070-4132-0227

ISBN	979-11-957931-8-1 03810(종이책)
	979-11-957931-9-8 05810(전자책)

이 도서의 국립중앙도서관 출판예정도서목록(CIP)은 서지정보유통지원시스템 홈페이지(http://seoji.nl.go.kr)와
국가자료공동목록시스템(http://www.nl.go.kr/kolisnet)에서 이용하실 수 있습니다.
(CIP제어번호 : CIP2017001323)

마흔여덟 살에 미국에 밀입국한
엄니네 식당 봉자 씨의 인생 이야기

내 인생의 자산,
무데뽀 정신

이봉자 지음

누구에게나 자기 인생의 숙제가 있을 것이다. 내게는 그동안 살아온 이야기를 쓰는 것이 내 인생 숙제 중의 하나였다. 그 숙제를 하고 있는 지금, 행복하면서도 두렵다. 어떤 이에게는 내가 살아온 삶이 별것 아닌 삶으로 보일지 모르겠다. 맞다. 내 인생은 화려하지도 특별하지도 않은 평범한 인생이다.

나는 가난한 집안의 만딸로 태어났다. 그리고 아버지를 일찍 여읜 까닭에 동생들의 뒷바라지를 하며 청춘을 보냈다. 아마도 이는 가난한 집안의 만이로 태어난 사람들의 비슷한 운명일 것이다. 가난하고 어려운 시대를 함께 건넌 내 또래 사람들 중 청춘을 제대로 누리고 산 사람이 얼마나 되겠는가. 그래서 내 이야기는 내 개인적인 이야기인 동시에 그 사람들의 이야기이기도 할 것이다. 살면서 어려운 일을 겪다가 이를 해결하고 나면 서정주 시인의 〈국화 옆에서〉의 한 구절을 읊조리곤 했다.

한 송이 국화꽃을 피우기 위해

봄부터 소쩍새는

그렇게 울었나 보다.

이 구절은 힘들고 아픈 일을 잘 이겨낸 자신에게 보내는 위로
와 격려의 노래였다. 아버지의 빈자리를 대신해서 살다 보니 수줍
음이 많았던 소녀에서 목소리 쩌렁쩌렁한 아줌마가 되었다. 세상
의 풍파에 쓰러지지 않으려고 하다 보니 '무데뽀 인생'이 되었다.

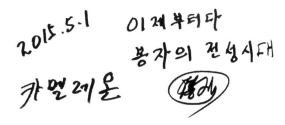

'엄니네 식당' 개업식 날 한쪽 벽에 작게 적어 넣은 주문

　2015년 봄, 나는 세종시에 작은 식당을 열었다. 개업 전날 하얀
벽에 '이제부터다. 봉자의 전성시대'라는 문구를 써 놓았다. 나는
이 책을 통해 지난 삶의 무게를 다 내려놓고 가벼운 걸음으로 내
남은 인생길을 걸어갈 것이다. 식당 벽에 새겨놓은 문구처럼 '봉자
의 전성시대'를 멋지게 열어갈 것이다.

　책을 준비하고 있는 지금, 세상이 시끄럽다. 어린 시절 밀가루
대통령이라 불렸던 박정희 대통령에 대한 감사함으로 박근혜 대
통령을 지켜봐 온 사람으로서 착잡하고 안타까운 심정이다. 사태

가 이렇게까지 된 데에는 정치를 하는 사람들의 책임도 크다고 생각한다. 미국에 갔을 때 사람들하고 말은 통하지 않았지만 진심은 통했다. 사람과 사람 사이가 그러한 것처럼 나랏일에서도 진심이 중요하다고 생각한다. 뒤죽박죽된 모든 것들이 진심을 통해 잘 풀어지기를 바란다.

2017년 새해에
이봉자

2부

또 다른 삶의 굴레(1978~2000년, 26~48세)

3부
내 생의 전환점, 미국행(2000~2002년, 48~50세)

4부

다시 삶의 전장으로(2002~2015년, 50~63세)

좋은 아버지, 어머니의 자식임을 감사드리며
두 분께 이 책을 바칩니다.

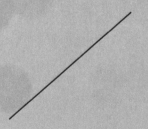

1부

맏이라는, 무거운 짐

1953~1978년
1~26세

친절이 불러온 비극

하늘에서 내리는 눈을 받으려고 마당 여기저기 뛰어다녔다. 함박눈처럼 풍성하게 내리는 눈은 아니었지만 그래도 첫눈이었다. 민들레 솜털 같기도 하고 쌀가루 같기도 한 눈이 느릿느릿 내리고 있었다. 입을 벌려서 내리는 눈을 받아먹으려고 할 때였다.

짐승의 울부짖음 같은 소리가 길게 들려왔다. 소리가 난 곳을 돌아보니, 우리 집 앞을 흐르는 개울 건너편의 돼지우리에서 나는 소리였다. 그 돼지우리는 우리 동네에서 제일 부잣집인 버스정류소 집 돼지우리였다. 그 소리를 듣고 어머니가 방문을 열고 나오셨다. 어머니를 따라서 가보니, 사람들이 돼지우리 앞에 모여 있었다.

다섯 칸으로 된 돼지우리였다. 돼지우리 세 칸에 돼지들이 있었는데, 몰려든 사람들 때문에 돼지들이 놀랐는지 평소보다 더 요란스럽게 꽥꽥대고 있었다. 돼지우리 두 칸은 비어 있었는데, 그중 한 칸은 포장이 쳐 있었다. 갈라진 포장 사이로 산발을 하고 누더기를 걸친 젊은 여자가 누워 있는 것이 보였다. 소리는 그 여자에게서 난 것이었다. 배가 산만했다. 얼마 전 우리 어머니 배도 저리 불러 있었다. 여자는 자기처럼 말을 못하는 할아버지랑 함께 우리 동네에 자주 동냥하러 오는 이였다. 그런데 여름이 지나면서 여자 배가 불러오기 시작했다.

그날 부잣집에 동냥하러 온 여자가 산기를 보이자, 부잣집에서는 일꾼에게 돼지우리에 짚을 깔게 해서 그 여자를 돼지우리로 옮겼다.

"누구 씨인지도 모르는 애를, 참."

지켜보던 아줌마가 혀를 끌끌 차며 말했다. 그러고는 주변에 모여 있는 남자들을 못마땅한 듯이 둘러봤다.

"말도 못 허는 여자한테 몹쓸 짓을 한 인간이 누군지 모르것네. 사람 거죽 했다고 다 사람은 아녀."

아줌마는 거기 있는 남자들 다 들으라는 듯 크게 말했다. 남자들은 딴 데를 쳐다보며 못 들은 척했다.

여자한테서 다시 소리가 났다. 사람이 내는 소리 같지가 않았다. 두려움을 느낀 나는 어머니 손을 찾아 꼭 잡았다. 여자는 고통스러운 얼굴로 몸을 뒤척였다. 여자랑 늘 동냥을 다니던 할아버지한테서도 여자가 내는 소리와 비슷한 소리가 났다. 할아버지는 울고 있었다. 어린애만 우는 줄 알고 있던 나는 다 큰 어른도 운다는 게 신기해 한참 쳐다봤다. 할아버지의 주름진 두 뺨 위로 눈물이 지나간 자리가 선명하게 보였다.

"사람이 곧 죽게 생겼는디 이렇게 추운 데서 어떻게 애를 낳은 데유. 우리 집으로다가 좀 옮겨줘유."

어머니였다. 우리 집으로 옮긴다니, 싫었다. 여름에 정자나무 아래서 여자와 할아버지가 이를 잡고 있는 모습을 여러 번 봤는데, 지금도 이가 득실거릴 게 뻔했다. 그런 내 마음과는 상관없이 여자는 우리 집으로 옮겨졌다. 어머니는 여자가 누운 방을 덥히고 물을 끓이셨다. 고통스러운 소리를 지르며 몸을 뒤척이는 여자의 손을 붙잡으며 조금만 힘내라고 말하셨다. 하지만 어머니가 애쓴 보람도 없이 여자는 죽고 말았다. 동냥해서 먹고사는 여자가 그동안 제대로 먹은 게 있었겠는가. 여자는 아이를 낳으려고 끙끙대다가 제대로 힘 한번 못 쓰고 배 속의 아이와 함께 죽었다.

그때 어머니는 여덟 번째 아이를 낳은 지 얼마 되지 않았다. 어머니는 아이를 낳는 고통이 어떤 건지 잘 알기에, 그 여자를 우리 집으로 들이는 데 아무런 거리낌이 없었던 것이다. 소식을 들은 면장님과 파출소장님, 이장님이 찾아왔다. 면장님이 어머니에게 감사 인사를 했다.

"저희가 해야 할 일이었는데, 감사합니다. 뒷일은 저희가 처리하겠습니다."

이렇게 마무리되는 것으로 끝났으면 좋았겠지만 그리되지 않았다. 이 일이 벌어졌을 때, 아버지는 나무 땔감을 하러 가신 탓에 집에 계시지 않았다. 아버지는 지게에 나뭇짐을 지고 집에 오는 길에 동네 아주머니를 만나서 이 소식을 듣게 되었다. 소식을 들은 아버지는 나뭇짐을 팽개쳐 놓고는 근처 구멍가게에 가서 소주 됫병을 다 들이키고는 집에 오셨다. 그리고 어머니에게 욕을 퍼부으며 손찌검을 하셨다. 남편이 있는데, 왜 마음대로 우리 집에서 남의 시체를 나가게 했냐는 것이었다. 어머니 보고 당장 나가라고 했다.

파출소장님이 그런 아버지를 말렸다. 훌륭한 일을 하셨으니, 따로 포상도 하겠다면서 노여움을 풀라고 했다. 옆에서 말릴수록 아버지의 화는 수그러드는 것이 아니라 더욱 기세등등해졌다. 삐딱한 자존심이랄까. 높은 사람이 자신한테 굽실거리는 듯하자, 술에 잔뜩 취한 아버지는 그 의기양양함을 어머니에게 풀었다. 결국 어머니는 옆집으로 도망갔다. 태어난 지 백일 된 동생 울음소리만 집 안에 가득했다.

어머니가 떠나던 날

우리 집은 시장통 근처에 있었다. 그때는 먹을 것을 구걸하러 다니는 걸인들이 흔했는데, 가족 단위로 다니는 경우도 많았다. 아버지는 그런 사람들을 그냥 지나치는 법이 없었다. 걸인들을 집으로 데리고 와서는 집에 있는 먹을 것을 그 사람들에게 다 내주는 분이었다. 이처럼 인정도 있었지만, 성질은 불같아서 동네에서도 유명했다. 젊었을 적 아버지는 옆집 사람과 크게 다툰 뒤 이 동네를 떠나겠다고서는 땅을 다 팔아 그 돈을 가지고 혼자 만주로 떠나셨다. 그리고 몇 달 후에 다 탕진하고 돌아오셨다. 일본인이 운영하는 양조장에서 일하시다가 해방이 된 후에는 정해진 일자리 없이 그때그때 품을 팔며 생계를 이어 나가셨다. 아버지는 술만 드시면 난폭하게 변하셨다. 어머니는 그런 아버지의 난폭함을 묵묵히 감내하셨다.

만약 그날 그 자리에 아버지가 계셨다면, 아버지가 먼저 우리 집으로 그 여자를 옮겨오자고 하셨을 분이었다. 가장으로서 아버지의 권위의식은 이상하게 꼬여 있었다. 집에서 시체를 나가게 했다는 것은 빌미일 뿐, 실은 어머니가 좋은 일을 해서 동네 사람들

외가 식구들과 함께. 어머니(오른쪽 아래)가 남동생을 안고 계시고 그 옆에 내가 골난 얼굴로 서 있다. 나를 빼놓고 사진 찍으려고 하는 것을 내가 떼를 써서 함께 사진을 찍을 수 있었다.

의 주목을 받은 게 당신의 심기를 건드리신 듯했다. 아버지의 화는 쉬이 잦아들지 않았다. 어머니는 아버지가 없으면 집에 오셨다가 밤에는 백일 된 동생을 업고서 이 집 저 집에서 잠자리를 구하셨다. 결국 보름이 지나도 아버지의 화가 가라앉지 않자 어머니는 집을 떠나셨다.

어머니가 떠나던 그날의 기억이 선명하다. 시간이 흐르면 사물의 윤곽이 흐릿해지고 닳아지는 것처럼 아프고 슬픈 기억도 흐릿해지면 좋을 텐데……

눈발이 휘날리는 이른 겨울날, 언니는 내 머리를 보자기로 감싸주었다. 어머니가 동생을 업고 앞서 걸어가고 있었다. 버스가 다니는 큰 신작로에 도착했다. 버스는 오지 않고 발은 시렸다. 우리는 조금 더 걸어갔다.

"엄마, 봉자도 데리고 가유."

언니 말에 어머니는 아무런 말도 하지 않았다. 나도 데려가 달라고 떼를 쓰고 싶었지만, 그러면 어머니가 데려가지 않을까 봐 말 잘 듣는 아이처럼 얌전히 있었다.

"봉자 데리고 가믄 애도 볼 수 있으니께 데리고 가유."

언니 말이 맞다. 나는 애를 잘 본다. 기저귀도 갈아주고 칭얼거리면 업어서 달랠 수도 있다. 여섯 살 장근이도, 네 살 정옥이도 언니보다는 내가 더 많이, 잘 돌본다. 어머니도 내가 동생들을 잘 돌본다는 걸 아셨지만 아무런 대꾸도 하지 않았다. 눈치 없이 눈물이 자꾸만 삐져나오려고 했다. 저 멀리서 버스가 달려왔다. 어머니가 나를 돌아봐 주기를, 내 손을 잡아주기를 기다렸다. 하지만 어머니는 언니도 나도 돌아보지 않고 앞만 바라보고 서 계셨다. 버스가 멈추고, 동생을 업은 어머니가 버스에 올라탔다. 어머니는 나를 끝내 돌아보지 않으셨다.

"엄마앙—"

결국 참았던 눈물이 터졌다. 흐르는 눈물 때문에 어머니를 태우고 멀어져 가는 버스를 제대로 볼 수가 없었다. 한 번도 돌아보지 않는 어머니가 원망스러웠다. 그때 자식들을 놔두고 갓난아이 하나 업고 집을 나갔던 어머니가 왜 한 번도 돌아보지 않으셨는지는 내가 '엄마'가 되고 나서야 비로소 이해가 되었다.

그리운 엄마는 어디로

어머니가 떠난 집에는 아직도 화가 나 있는 아버지와 화실 언니(17살), 춘봉 언니(13살), 나(8살), 장근이(6살), 정옥이(4살) 모두 여섯 식구가 있었다. 어머니와 아버지는 1남 9녀를 두셨는데, 그때 내 위로 있었던 언니 둘은 어렸을 적에 죽었고 동생 둘은 아직 태어나지 않았을 때였다. 어머니가 집을 나간 후에 아버지는 당신의 화를 언니에게 쏟았다. 어머니가 계실 적에는 자식들에게 손찌검을 하지 않으셨던 분이었다. 결국 언니도 아버지의 횡포를 견디지 못하고 집을 나갔다. 그때 내 바로 위에 춘봉 언니가 있었지만, 언니는 척추장애를 앓고 있었다. 타고난 장애는 아니었다. 갓난애였을 때 언니들이 업고 다니다가 그만 땅바닥에 떨어뜨려 그렇게 되었다고 했다. 척추장애를 오랫동안 앓은 춘봉 언니는 다리도 절었고 병약한 탓에 집 안에서만 머물렀다. 어머니가 집을 나간 후 심사가 더 꼬인 아버지는 날마다 술이었다. 어린 자식들이 밥은 먹고 사는지 굶주리는지 전혀 신경을 쓰지 않았다.

우리 집의 유일한 아들인 남동생. 내 바로 밑으로
남동생이 태어나자, 아버지는 내가 터를 잘 팔아서
그런 것이라면서 내 이름 대신 엄지손가락을 치켜
들며 '넘버원'이라고 늘 부르셨다.

　그런 와중에서도 아버지는 하나밖에 없는 귀한 아들을 혹시나
잃어버릴까 봐 걱정했다. 그래서 없는 살림인데도 품삯을 받은 것
으로 양복과 모자를 맞춰서 여섯 살 장근이에게 입힌 다음, 동네
사진관에 가서 장근이의 독사진을 찍었다. 그리고 그 사진을 당신
의 속주머니에 늘 넣고 다니셨다. 만약에 장근이를 잃어버렸을 때
를 대비해 그 사진으로 찾으려고 한 것이었다. 사진관에서 네 장
의 사진을 받았는데, 그중 한 장에는 '그리운 엄마는 어디로'라는
문구가 새겨져 있었다. 우리 집 사연을 알고 있었던 사진관 아저
씨가 새겨 넣은 것이었다. 그 문구가 새겨진 사진은 아쉽게도 지
금 사라지고 없다. 지금도 이 사진을 보면 그때 기억이 떠올라 마
음이 아프다.

여덟 살의 어린 가장

　　　　　　　　　　여덟 살인 내가 아궁이에 불을 때서 죽을 끓였다. 불을 피우는 것은 쉽지 않았다. 매운 연기 때문에 절로 눈물이 나왔다. 눈물이 눈물을 부른다고, 연기 때문에 시작된 눈물은 어머니를 그리워하는 눈물로 이어지곤 했다. 상에 올린 그릇에는 죽이라기보다는 뜨뜻한 물에 보리밥알 몇 개가 떠 있을 뿐이었다. 배고픈 우리들은 이것도 감지덕지하는 마음으로 먹었다. 이렇게라도 해서 세 끼 다 먹을 때가 많지 않았다. 뜨뜻한 물로 배를 채운 나와 동생들은 방에서 나와 처마 아래에 나란히 앉았다. 간신히 죽을 끓여냈던 불로 싸늘한 방을 데우기에는 턱없이 부족했다. 햇볕이 내리쬐는 처마 아래가 방 안보다 따뜻했다. 어머니가 떠난 그 긴 겨울밤 우리는 배가 고파서 잠을 이루지 못했다. 배가 고픈 우리들은 이파리가 달린 조랑무 동치미를 바가지에 담아 와서 물과 함께 먹었다. 짜디짠 무 한 입, 물 한 번 이렇게 번갈아 먹으면서 배고픔을 달랬다. 그러고 나서 잠자리에 들면 이번에는 화장실에 들락거리느라 잠을 자지 못했다. 배고프고 추운 겨울이 그렇게 더디게 흘러갔다.

언제부터인가 춘봉 언니 다리에서 고름이 흘러나왔다. 자세히 보니 뼈에서 나오고 있었다. 붕대가 없던 시절이라 헌옷가지를 찢어서 감아줬다. 어린 손으로 동여맨 것이 얼마나 잘했겠는가. 어느 날 갈아주려고 헝겊을 풀었더니 뭔가 꿈틀거리고 있었다. 쉬파리가 알을 까서 작은 구더기들이 바글바글했다. 이상하게도 어린 나는 그걸 보고 징그러워하거나 무서워하지 않았다. 나밖에 그 일을 할 사람이 없다는 것을 알고 있어서 그랬던 걸까. 그냥 무심히 언니 다리의 헝겊을 갈아주었다. 물론 지금도 그런 일을 해야 한다면 당연히 했을 것이다. 하지만 징그러워서 질색하는 심정으로 했을 것이다. 구더기를 보고 징그러워한 기억 대신 다른 기억이 남아 있다. 언니 다리를 동여맨 헝겊들을 모아서 빨래하러 갔을 때, 동네 아주머니들이 모여서 빨래를 하는 곳으로 가지 않았다. 이 빨랫감을 보면 사람들이 질색할 거라는 것을 알았기 때문이다. 창피했다. 그래서 아주머니들이 있는 빨래터에서 한참 떨어진 아래쪽에서 빨래를 했다.

지금도 가끔 '어떻게 그런 일을 할 수 있었을까?' 하는 생각이 들곤 한다. 예순이 넘은 어른의 마음에는 다섯 살 아이의 마음이 들어 있다. 이건 가능한 얘기다. 왜냐하면 그 어른은 다섯 살을 지나왔기 때문이다. 그런데 여덟 살 아이의 마음에 어떻게 자신이 지나오지 않은, 어른의 마음이 깃들 수가 있을까? 여덟 살 아이는 부모에게 응석을 부리거나 제 뜻이 받아들여지지 않으면 울면서 떼를 쓰는 나이다. 그렇게 여덟 살을 보낸 아이는 행복한 아이다. 나와 비슷한 연배의 사람들보다 지금 내가 가진 울음 주머니가 큰 것은 아마 그때 충분히 울지 못해서일 거라는 생각이 든다. 우리 동생들의 울음 주머니도 아마 작지는 않을 것이다. 그 시절을 함께 건너왔으니.

처마 아래 삼남매

우리 삼남매는 처마 아래에 조롱박처럼 줄줄이 앉아 해바라기를 하며 집 나간 어머니를 기다리곤 했다. 그럴 때면 지나가던 동네 사람들이 불쌍히 여기고는 군것질거리를 건넸다. 우리는 배가 고파도 그 군것질거리를 받지 않았다. 받으라고 해도 받지를 않으니 동네 사람들은 우리들 앞에 군것질거리를 그냥 놔두고 갔다. 그런데 돌아오는 길에 보면 그대로 놓여 있는 것이다. 동네 사람들은 그걸 보고는 황당한 표정으로 말했다.

"쫄쫄 굶으면서도 왜 먹지를 않는댜? 이상한 애들이여."

내 것이 아니면 손도 대지 말고 보지도 말라. 그것이 어머니의 가르침이었다.

그러던 어느 날이었다. 그날도 우리 삼남매는 처마 아래에 앉아서 햇볕을 받으며 흙 놀이를 하고 있었다. 땅에 막대기로 이것저것 그리고 있었다. 땅에 그림자가 져서 쳐다보니 맞은편에 사는 동호가 서 있었다. 동호는 남동생과 같은 여섯 살이었다. 놀러 온 것이었다. 한쪽 볼이 불룩한 것이 사탕을 물고 있었다. 우리는 다시 고개를 숙이고 하던 놀이를 계속했다. 동호가 한마디 툭 내뱉었다.

"야, 니 엄마는 도망갔지?"

동생이 바로 맞받아쳤다.

"너는 주워온 애야."

그 말을 들은 동호가 울면서 집으로 돌아갔다. 두 아이의 말 모두 맞는 말이었다. 우리 어머니는 집을 나갔고 동호는 데려온 아이였으니까. 우리 집 맞은편에 있던 그 집은 형편이 넉넉했는데, 자식을 두지 못했다. 언제부터인가 사내아이를 데려와 키웠는데, 그 아이가 바로 동호였다. 둘 다 어른들의 말을 듣고 내뱉은 말이었다.

잠시 후, 동호가 자기 엄마의 손을 잡고 다시 돌아왔다. 집에 가서 자기 엄마한테 일렀던 모양이었다. 콧물을 훌쩍이면서도 지원군을 데려온 동호는 의기양양한 표정으로 우리를 바라봤다.

"니가 우리 아들 보고 그런 싸가지 없는 소리를 한 것이여?"

아줌마의 서슬 퍼런 기세에 겁을 집어먹은 우리는 주춤거리며 일어서고 있었다. 그때였다.

철썩—

아줌마의 손이 장근이의 왼쪽 뺨에 날아왔다. 여섯 살 장근이의 몸이 휘청거렸다. 다시 오른쪽 뺨으로 손이 날아왔다. 철썩. 먹은 것이 부실해서 제 또래보다 몸집이 작은 동생의 몸이 짚단처럼 이리저리 왔다 갔다 했다. 눈앞에서 실제로 일어나는 일 같지가 않았다.

'그거는 아줌마 아들 동호가 먼저 우리 엄마 도망갔다고 해서 한 거예유. 우리 남동생이 먼저 시작한 게 아니란 말이에유.'

이 소리가 목구멍까지 올라왔지만 밖으로 나오지 않았다. 그 아줌마가 무서웠다. 여덟 살 먹은 내가 뭐라고 할 수 있는 상대가 아니었다. 그렇게 바보같이 동생이 맞는 것을 지켜봐야 했다. 맞은편 대문 안으로 그 아줌마가 자기 아들 손을 잡고 돌아가는 모습이 완전히 사라질 때까지 얼어붙은 채로 서 있었다. 눈물이 차올랐다. 파랗게 질린 남동생은 소리도 내지 못한 채 울고 있었다. 두 뺨이 발갛게 부어올라 있었다. 그때 내가 할 수 있는 것은 동생들을 껴안고 우는 것뿐이었다. 원망스러웠다. 부잣집 아줌마, 아저씨가 원망스러웠다. 왜 그 여자를 돼지우리에서 애를 낳게 해서 우리 엄마가 아버지께 쫓겨나가게 했는지. 그리고 분했다. 따지지도 못하고 동생이 맞는 것을 지켜본 것이 분했다.

그 일이 일어난 후 부잣집에서 밥을 먹으러 오라고 해도 가지 않았다. 부잣집은 농사를 크게 지은지라 모를 심을 때는 동네 사람들 대부분이 그 집에 품을 팔았다. 그럴 때면 모를 심은 사람들의 식구들도 와서 먹을 수 있도록 점심을 푸짐하게 내왔다. 그래서 아버지가 그 집에 품을 팔 때면 우리도 그 집에 가서 밥을 먹었다. 하지만 그 사건 후, 아버지가 밥을 먹으러 오라고 해도 가지 않았다. '그 아저씨, 아줌마만 아니었어도 엄마가 집을 나가지 않았을 텐데……' 하는 원망뿐이었다. 배가 고파도 가지 않았다.

친척 집에 입양되다

어머니 없는 혹독한 겨울이 지나고 봄, 여름을 지냈다. 들판은 누렇게 변해가고 집 앞 감나무에 달린 감도 붉게 물들어갔다. 가을 가뭄에 개울이 여위듯 춘봉 언니도 점점 말라갔다. 살 속에 숨어 있던 뼈들이 제 모습을 다 드러내고 있었다. 내가 헝겊을 갈아줄 때면 미안하고 고맙다는 듯이 웃어주었던 언니는 이제 가만히 눈을 감고 있을 뿐이었다.

춘봉 언니의 병세가 점점 나빠진다는 소식을 들은 큰언니가 아버지가 집에 계시지 않을 때 찾아왔다. 큰언니는 눈을 감고 누워 있는 춘봉 언니의 앙상한 손을 잡았다.

"춘봉아, 언니 왔어."

춘봉 언니가 조용히 눈을 뜨고는 큰언니를 바라봤다.

"언니, 너무 아파……. 죽기 전에 엄마를 한번만이라도 보고 싶어……."

춘봉 언니를 보고 간 큰언니가 어머니에게 연락을 했고 어머니한테서 집으로 돌아오겠다는 답을 받아왔다. 당시 집을 나간 어머니는 외가에 있는 충주에 가서 백일 지난 동생을 업고 다니면서 장사를 하고 계셨다. 큰언니가 옆집 아주머니에게 어머니가 그 믐날에 온다고 하는 소리를 들었다. 어머니가 돌아오신다니, 가슴 이 뛰었다. 그런데 그믐날? 언제가 그믐날인 거지? 큰언니에게 몇 밤을 자면 그믐날이 되는지를 물어볼 걸……. 못 물어본 것이 속 상했다.

하지만 어머니가 오신다고 하니 절로 흥이 났다. 때 묻은 동생 들의 옷을 벗겨서 깨끗한 옷으로 갈아입혔다. 방 안도 깨끗이 치 우고 부엌 솥뚜껑도 열심히 닦았다. 반짝반짝하게 만들고 싶었 다. 그래서 어머니가 집에 와서 웃었으면 했다. '우리 봉자 그동안 잘하고 있었네.' 하고 칭찬받았으면 했다. 자기 전에는 내일이 그믐 날이었으면, 잠이 깨서는 오늘이 그믐날이었으면 했다.

그런 어느 날, 강원도 화천에서 옷 장사를 하는 친척 아저씨가 집에 찾아왔다. 아저씨는 어머니 대신 동생들을 돌보고 살림을 하는 어린 나를 대견한 눈빛으로 쳐다봤다. 아저씨는 아버지에게 그런 나를 수양딸로 삼고 싶다고 했다. 나하고 동갑인 딸이 죽은 지 얼마 안 되어서 애 엄마가 너무 괴로워한다고. 죽은 딸 대신 잘 키우겠다고. 아저씨의 사정을 들은 아버지는 잠시 머뭇거리더 니 나를 데리고 가라고 했다. 그믐날에 엄마가 온다고 했는데. 동 생들 밥도 해줘야 하는데. 춘봉 언니 헝겊도 갈아줘야 하는데. 이 런 말들이 목구멍까지 차 올라왔지만 결국 아버지에게 아무 말도 하지 못했다.

추운 날이었다. 타이아표 새까만 남자 고무신에 검정치마를 입 었다. 치마 안에는 다 떨어진 내복을 입고 아저씨를 따라나섰다.

처음으로 타 본 시외버스였지만, 아무런 감흥이 없었다. 다만 강원도가 엄청 멀게만 느껴졌다. 화천에 가서는 청소나 빨래 등 집안일을 했다. 말이 수양딸이지 집안일 시키려고 데려간 것이었다.

"그믐날이 언제예유? 우리 엄마 온다고 했는데."

아저씨, 아줌마한테 울면서 그믐날을 알려달라고 했다가 혼만 났다.

옆집 아줌마가 나만 한 딸을 데리고 놀러 왔다. 내가 일하는 것을 보고는, "쟤 좀 봐. 쟤는 네 또랜데 어쩜 저렇게 야무지게 청소도 잘하냐?" 하고 딸에게 말했다. 화천에는 군부대가 있어서 군인 가족들이 많이 살았는데, 옆집 아줌마도 군인 가족이었다. 옆집 아줌마는 올 때마다 내게 건빵을 줬다. 그런데 한 봉지도 뜯어서 먹지 않았다. 받은 건빵을 선반에 차곡차곡 쌓아두었다. 집에 돌아가면 동생들에게 주려고 말이다. 옆집 아줌마는 내가 그러는 걸 보고는 "한 봉지만 먹어 봐. 다음에 많이 갖다 줄게." 했다. 그래도 내가 먹지 않으니 직접 뜯어서 건빵 몇 개를 내 손에 쥐여주었다. 손에 쥐여준 건빵 몇 개만 먹고는 건빵봉지를 잘 갈무리해서 선반에 올려두었다.

그러던 어느 날, 아줌마와 논에서 벼 이삭을 줍고 돌아오는 길이었다. 집 앞에서 누군가 서성이고 있었다.

"봉자야!"

"엄마아—"

어머니와 나는 서로 부둥켜안고 펑펑 울었다. 왜 이제 왔냐고. 얼마나 보고 싶었는데. 그동안 쌓인 설움이 터져 나왔다.

약속대로 어머니는 그믐날 집에 오셨다. 그런데 내가 보이지 않는 것이었다. 아버지한테 속사정을 들은 어머니는 곧장 내가 있는 화천으로 오셨다. 어른이 되어서 가만히 생각해 보니, 화천에 있었던 시간은 한 달도 되지 않은, 그리 길지 않은 시간이었다. 하지만 그때 나한테는 정말 길고 긴 시간처럼 느껴졌다. 놔두고 가라는 아줌마의 말을 뿌리치고 어머니는 나를 데리고 집으로 왔다. 어머니가 집으로 돌아오자, 나갔던 큰언니도 돌아왔다. 그때는 아버지도 이것저것 깨달은 게 있으셨는지 더 이상 화를 내지 않으셨다. 춘봉 언니의 목숨이 왔다 갔다 하는 때였으니, 정신이 번쩍 드셨을 것이다. 그리고 얼마 후 춘봉 언니가 죽었다. 언니가 그렇게 보고 싶어 하던 어머니가 지켜보는 가운데서 평온한 얼굴로 이 세상을 떠났다. 척추장애를 앓고 다리를 절었던 언니는 짜증을 부리거나 화를 내는 법이 없었다. 달맞이꽃처럼 순하디순한 사람이었다. 언니를 다시 볼 수 없는 것은 슬펐지만 언니가 더 이상 아프지 않을 거라고 생각하니 한편으로는 안심이 되었다.

무데뽀로 국민학교에 입학

아침에 동네 아이들이 삼삼오오 모여 어딘가로 가는 게 아닌가. 그래서 뒤따라갔더니 도착한 곳이 학교였다. 그때까지 우리 집에서는 학교에 다니는 사람이 없었다. 한동안 어머니가 집에 계시지 않아서 입학통지서가 제대로 전달되지 못한 것이 아닐까 싶다. 그때 내 나이 열 살이었다.

"정만식!"

"네!"

"홍성자!"

"네!"

선생님이 출석부를 보며 아이들 이름을 부르자 제 이름이 불린 아이들이 손을 번쩍 들며 대답했다.

"자기 이름 안 불린 사람 있어요?"

선생님이 아이들을 보며 물었다.

"저요!"

"니 이름이 어떻게 되는데?"

"이봉자요!"

선생님이 출석부를 살펴보더니

"니 이름은 없는데……? 너는 집에 가도 된다." 하셨다. 물론 나는 집에 가지 않았다.

그날부터 날마다 학교에 갔다. 이제 입학한 1학년 아이들은 운동장에 줄지어 서서는 여러 규칙을 배웠다. 선생님의 '차렷, 열중쉬어!' 하는 구령에 맞춰 아이들은 자세를 고쳤다. 나도 맨 뒤에서 서서 선생님의 구령에 따라 자세를 취했다. 선생님은 매일 출석부를 펼쳐서는 아이들 이름을 불렀다. 선생님이 내 앞에 와서는 "너는 이 명단에 없으니까 집에 가라."고 다시 말했다. 하지만 나는 꿈쩍하지 않고 남아서 다른 아이들과 함께했다.

'학교라는 게 이렇게 좋은데 집에 왜 가. 이렇게 친구들도 많은데.'

그다음부터 선생님도 더 이상 내게 아무 말을 하지 않았다. 1학년 아이들은 왼쪽 가슴에 이름표를 달고 있었다. 이름표가 없는 사람은 나뿐이었다. 일주일 정도 운동장에서 질서를 배우는 시간이 끝나고 아이들이 교실을 배정받아서 교실로 들어갔다. 선생님이 가라고 해도 가지 않았던 배짱은 어디로 사라져 버렸는지, 아이들 뒤를 따라 교실로 들어갈 수가 없었다. 그렇다고 집에 가고 싶지도 않았다. 교실에 들어간 아이들이 책상 하나씩을 차지하고 앉는 모습을 창문 너머로 바라봤다. 부러웠다. 운동장에는 나만 덩그러니 남아 있었다. 운동장 쪽으로 난 창문 가까이 갔다. 칠판이 잘 보이지 않아서 까치발을 들고 매달리듯이 봤다. 그렇게 하루, 이틀이 지나고 사흘이 되니 선생님이 나를 불렀다.

"너 정말 이상한 애구나. 내일 아침에 엄마 모시고 와라."

그 소리를 듣고는 단숨에 집까지 달려왔다.

"선생님이 엄마 데리고 오랴."

"응? 무슨 소리야?"

그때까지 어머니는 내가 학교를 쫓아다니고 있는지 모르고 있었다. 다음 날 어머니는 남동생과 나를 데리고 학교에 갔다. 그때야 어머니도 정신이 든 것이었다. 그래서 여덟 살이었던 남동생은 제때에 들어가게 되었고, 열 살이었던 나는 두 살 어린 동생들과 공부하게 되었다. 선생님은 남동생과 나를 한 반에 넣었다. 다른 반이었으면 좋았을 텐데……

지금 돌이켜 생각해 보면 의문투성이다. 어떻게 어린애가 집에 가라고 해도 안 가고 버틸 수 있었는지. 어떻게 그런 배짱을 부릴 수 있었는지. 그런 고집이 어디서 난 건지. 학교에 다니고 싶다는 열망 하나로 선생님이 오지 말라고 하는데도 버텨서 결국은 학교에 다니게 되었다. 그때 내 고집을 받아주신 선생님의 성함은 정확히 기억나지 않는다. 성이 조씨여서 조 선생님이라고 부른 것만 기억난다. 지금까지 그분께 늘 감사한 마음뿐이다. 이러한 승리의 첫 경험은 내가 하고자 하는 일에 대해서는 포기하지 않고 끝까지 해내는 '무데뽀 정신'이 되었다. 나는 이 무데뽀 정신으로 인생의 어려운 고비를 헤치며 살아왔다.

날마다 고물상을 뒤지는 아이

학교 가는 길은 늘 설렜다. 정말 좋았다. 그때는 교과서도 사서 봤는데, 다들 형편이 넉넉지 않을 때라 새 책 대신 헌 책을 보는 사람들이 많았다. 그런데 나는 헌 책도 없었다. 남동생만 교과서를 사준 것이었다.

내가 태어났을 때 할머니는 어머니에게 미역국도 끓여 주시지 않았다. 쓸데없이 여자애만 다섯이나 낳았다고 구박을 많이 하셨다고 했다. 당연히 나도 예뻐하지 않으셨다. 그런데 2년 후에 아들이 태어나자, 나에 대한 대접이 확 달라졌다. 터를 잘 팔아서 떡두꺼비 같은 아들을 보게 한 일등공신이 된 것이다. 그때부터 아버지는 나를 봉자라는 이름 대신에 '넘버원'이라고 불렀다. 최고라는 뜻이었다. 남동생에게만 교과서를 사주었는데도 나도 사달라고 투정부리지 않았다. 알고 있었던 것이다. 우리 집이 가난하다는 것도, 남동생이 귀한 존재라는 것도. 온 식구들이 남동생을 귀하게 여긴 것처럼 나도 남동생을 귀하게 여겼다. 그래서 남동생에게만 교과서를 사준 것에 별다른 불만이 없었다.

날마다 학교가 파하고 나면 헌 교과서를 구하려고 고물상으로 달려갔다. 그런데 자연이나 미술책은 있어도 산수나 국어책은 없었다. 게다가 자연이나 미술책도 내가 원하는 학년의 책은 없어 결국 교과서를 구하지 못했다. 그래서 학교에서는 짝꿍 책을 함께 봤다. 선생님이 함께 보라고 한 것이다. 지금 생각하면 함께 책을 보는 게 내키지 않았을 터인데, 책을 보여준 그 짝꿍에게 고맙고 미안하다. 집에서는 남동생이 국어책을 보고 있으면 나는 수학책을 봤다. 이렇게 교과서 없이 공부했는데도 일제고사를 보면 성적이 잘 나왔다. 그래서 상도 많이 받았다.

어느 날 일기장 검사를 한다고 해서 일기장을 냈다. 그런데 다음 날 선생님이 내 일기장을 반 아이들에게 읽어주는 게 아닌가. 내 일기장을 왜 읽어주시는 거지? 뭐가 잘못됐나? 내 일기를 아이들에게 다 읽어준 후, 선생님이 말씀하셨다.

"봉자가 쓴 일긴데 잘 썼죠? 일기는 이렇게 쓰는 거예요."

왠지 낯이 간지러우면서도 으쓱해지는 기분이었다. 얼른 엄마한테 가서 말해주고 싶다고 생각했다.

이렇게 좋은 학교를 5일에 한 번은 갈 수가 없었다. 오일장날에는 어머니가 장사를 하시기 때문에 갓난애를 봐야 했다. 그 사이에 동생이 한 명 더 생긴 것이다. 그래서 장날에 비가 오면 그렇게 좋을 수가 없었다. 비가 오면 장이 서지 않게 되고 학교에 갈 수 있으니까 말이다. 그래서 장날 전날에는 내일 비 오게 해달라고 기도까지 했다. 아마도 이때가 어린애다운 생각을 했던 유일한 때가 아닌가 싶다. 비가 오면 장이 서지 않아 걱정하실 어머니의 사정 같은 것은 생각지 않고 어린애답게 내 욕심을 부려본 것이 말이다. 장이 서지 않으면 끼니로 죽을 먹어야 했다. 그래도 좋으니 비가 와서 날마다 학교에 다녔으면 좋겠다고 생각했다.

장날에는 내가 학교에 못 온다는 것을 선생님도 우리 반 아이들도 모두 알고 있었다. 장날에 내가 학교에 가면 애들이 "장날인데 왜 왔냐?"고 물어봤다. 그럴 때면 환하게 웃으며 대답해 줬다.

"오늘 비 왔잖여."

오막살이 외딴집

아버지가 달라지셨다. 술을 드시지 않으셨다. 어머니가 집을 나간 것이나 춘봉 언니의 죽음에 가장으로서 책임감을 느낀 것이다. 어머니가 돌아오자 아버지는 어머니한테 잘하셨다. 그리고 술을 끊기로 결심하셨다. 그런데 집이 시장통 근처이다 보니 술의 유혹을 피하기 괴로웠던 아버지는 이사를 가기로 맘먹으셨다. 외딴곳에 있는 터를 빌려서 초가삼간을 지으셨다. 그래서 우리 가족은 시장통에서 외딴곳으로 이사를 가게 되었다.

우리가 이사를 간 곳은 경치가 뛰어난 곳이었다. 절벽 아래로는 금강이 흐르고 뒤에는 멋진 산세를 자랑하는 한림산이 우뚝 솟아 있었다. 강가에는 사람들이 솥단지를 가져와서는 고기잡이를 해서 매운탕도 끓이고 밥도 지어먹었다. 그곳은 사람들이 봄에는 꽃구경을, 여름에는 물놀이를, 가을에는 단풍구경을 하러 오는 곳이었다. 한림정이라는 이름의 정자까지 지어져 있었다. 신씨 문중에서 지은 정자였는데, 아버지가 이곳에서 살게 되면서 여기 관리를 맡아서 하셨다. 아버지는 정자 주변에 무궁화나무와 벚나

무를 많이 심으셨다. 이곳에 벚꽃이 흐드러지게 피어 있는 것을 볼 때면 그때 나무를 심으셨던 아버지 생각이 절로 난다.

말하자면 우리가 이사 간 곳은 살기에 좋은 곳이 아니라 놀러 가기에 좋은 곳이었다. 이사를 가보니 풀숲에 우리 집만 덩그러니 한 채 있었다. 어린 우리들한테 주변 풍광이 눈에 들어왔겠는가. 언덕 너머에 집 한 채가 있다고 하는데 보이지도 않았다. 낮에도 무섬증이 들었지만 해가 떨어지면 사방이 온통 깜깜해 무서워서 방문을 열고 나갈 수가 없었다. 어둠 속에서 뭔가 불쑥 튀어나올 것만 같았다. 시장통에서 밤중에 들리던 개 짖는 소리가 그리울 지경이었다. 학교도 멀어져서 코앞이었던 학교가 이제는 한 시간을 걸어가야 했다. 학교까지 4㎞ 되는 거리를 남동생과 걸어 다녔다. 장날이면 시장통에 가서 장사를 해야 했던 어머니도 무거운 보따리를 이고 한 시간 가까이 걸어서 장에 가야 했다.

어린 우리들이야 이곳이 어떤 곳인지 몰랐지만 어머니는 아셨을 것이다. 이곳으로 이사 가게 되면 얼마나 불편할지를. 그런데도 어머니는 아버지의 결정을 묵묵히 따르셨다. 아버지의 불같은 성질을 알기에 아버지의 결정에 토를 달지도 않으셨겠지만, 술을 끊으려는 아버지의 결정을 지지해 주고 싶기도 하셨을 것이다. 시간이 흐르자 우리 식구들은 이곳 생활에 조금씩 적응해 갔다. 남동생과 나는 지각을 면하려고 늘 학교까지 달음박질을 했다. 가끔은 누가 더 빨리 달리나 하고 내기도 해가면서 말이다.

그런데 아버지는 안타깝게도 술을 끊지 못하셨다. 아무것도 가진 것이 없었던 아버지는 먹고살기 위해 이런저런 막노동을 하셨

다. 농번기 때는 농사일을, 농한기 때는 몸 쓰는 다른 일을 하셨
다. 그때는 참을 내올 때 막걸리 한두 병 챙겨오는 것이 자연스러
운 일이었다. 일이 힘드니까 막걸리 한 잔씩 먹고 힘내라는 것을
거절하기는 힘드셨을 것이다. 외딴곳으로 이사 와서도 아버지는
결국 술을 끊지 못하셨고, 이것은 돌이킬 수 없는 비극으로 이어
졌다.

갑작스런 아버지의 죽음

추석날이었다. 큰집에서 제사를 지내고 집에 돌아왔다. 추석날이었지만 집에는 먹을 게 없었다. 부모님이 날마다 일을 했는데도 제대로 밥을 먹은 기억이 별로 없다. 늘 죽이었다. 추석인데도 떡을 해먹을 형편이 아니었다. 아버지가 내게 강가 밭에 심어둔 고구마를 캐러 가자고 하셨다.

강가에 갔더니 젊은 남녀들이 놀고 있었다. 객지에 나갔던 젊은 사람들이 추석이라 고향에 내려와 벗들을 만나 회포를 풀고 있었던 것이다. 강 저편에도 한 무리의 젊은 남녀들이 있었다. 아버지와 나는 밭에 쭈그리고 앉아 고구마를 캐고 있었다. 그런데 언제부터인가 웃고 떠들던 젊은이들의 소리가 싸우는 소리로 바뀌어 있었다. 강 이편에는 이쪽 마을 처녀 총각들이 모여 있었고, 강 건너에는 저쪽 마을 처녀 총각들이 만나서 회포를 풀고 있었는데, 어떻게 하다 보니 이들 간에 말싸움이 난 것이었다. 처음에는 말싸움이었지만 점점 정도가 심해지고 있었다. 추석이라 큰집에서 술을 드시고 온 아버지가 결국 그 싸움판에 끼어드셨다. 우리도 강 이쪽에 살고 있다 보니, 팔이 안으로 굽는다고 이쪽 사람들 편을 들게 된 것이었다.

아버지가 바짓가랑이를 올리고 물을 건너기 시작했다. 원래는 강을 오가는 배가 있었지만 그때는 강물이 깊지 않아서 직접 건너다니는 사람들이 많았다. 사람들이 싸우는 것을 보고 이미 겁에 질려 있었던 나는 아버지가 가는 것을 말리고 싶었다. 그런데 어렵고 무서운 아버지였다. 가지 말라고 할 수가 없었다.

나는 강 이편에 서서 아버지가 강을 건너는 것을 조마조마한 심정으로 지켜보고 있었다. 아버지가 강 저편에 거의 다다랐을 때다. 아버지 몸이 기우뚱하더니 물속으로 쑥 들어갔다. 정적이 흘렀다. 아버지가 나오지 않으셨다. 무작정 집으로 달려갔다.

"엄마, 아버지가 안 나와유. 물에 들어가셨는데 안 나와유."

마을 사람들이 모두 나서서 찾으러 다녔다. 아버지는 이튿날 찾을 수 있었다. 그렇게 아버지는 내가 보는 앞에서 돌아가셨다. 그때 내 나이 열세 살이었다. 추석날 돌아가셔서 작은추석이 아버지 제삿날이다. 술을 끊으시겠다고 그 외딴집으로 이사 간 지 6개월 정도 되었을 때 벌어진 참사였다.

술을 좋아하셨던 분. 불같은 성질에 이웃과 싸운 후 식솔은 놔두고 땅을 팔아서 떠나버린 분. 술만 잡수시면 어머니한테 난폭하셨던 분. 시장통에서 구걸하러 다니는 사람들을 거두셨던 분. 동네에서는 남자 중의 남자로 통하셨던 분. 술을 끊으려고 외딴곳에 집을 지었지만 결국은 술을 끊지 못하신 분. 남의 일에 끼어들다 목숨을 잃으신 분.

이렇게 적어놓고 보면 좋은 아버지라고는 할 수 없다. 어렵고 무서웠던 아버지였다. 나이가 들고 나서야 아무것도 가진 것 없이 여러 명의 자식들을 건사하느라 어깨가 무거웠을 아버지에 대한 연민이 생겼다. 내게 아버지는 미운 분이 아니다. 나를 '넘버원'이라고 불렀던, 멋있는 분이다.

막냇동생이 태어나고

아버지가 돌아가시고 한 달쯤 지났을 때다. 어머니는 초저녁부터 가마솥에 물을 끓이고 방 아랫목에 짚을 까셨다. 아이 낳을 준비를 하고 계시는 것이었다. 아버지가 돌아가셨을 때 어머니는 만삭이셨다.

한밤중이었다. 동생들은 자고 있었다. 어머니 얼굴이 점점 고통스럽게 변해갔다. 신음소리가 크지는 않았지만, 곧 아기가 나올 거라는 것은 분명해 보였다. 무서웠다. 마땅히 도움을 청할 만한 데가 없었다. 언덕 너머에 아줌마가 살고 있기는 하지만 어둠을 뚫고 그곳까지 갈 엄두가 도저히 나지 않았다. 어머니가 내 팔을 세게 붙잡으셨다. 그러고는 얼마 있지 않아 아이를 낳으셨다. 그때 멀리서 교회 종소리가 났다. 새벽 예배를 알리는 종소리였다. 그 덕분에 막냇동생이 태어난 시간을 정확히 안다. 어머니가 직접 탯줄을 자르셨다.

새벽이라고 해도 캄캄해서 언덕 너머에 사는 아줌마한테 바로 뛰어가지 못했다. 날이 좀 밝아지고 나서야 아줌마한테 달려가서 알렸다. 아줌마가 집에 와서 미역국도 끓여주고 밥도 해주셨다.

어머니는 산후 몸조리도 못 하시고 바로 일하셨다. 자식 여섯이 당신만 바라보고 있었으니 쉴 수가 있었겠는가.

　이렇게 막냇동생은 유복자로 태어났다. 유복자로 태어난 동생의 이름은 '유복'이다. 유복, 진짜 슬픈 이름이다. 나이를 먹을수록 이 이름이 얼마나 눈물 나는 이름인가를 실감하게 된다. 어머니가 평일에도 장날에도 일을 나가셔야 했으니, 맏이인 내가 동생을 돌봤다. 젖을 제대로 먹지 못한 갓난애는 울다 지쳐서 내 등에서 잠이 들곤 했다. 어머니는 어머니대로 젖이 불어서 힘드셨으리라.

장사를 나가던 어머니의 뒷모습

　　　　　　　　　　집을 나갔다가 돌아온 어머니는
그때부터 시장통에서 포장마차를 하기 시작하셨다. 아버지는 젊
은 시절 홧김에 땅을 다 팔아버리고 마을을 떠났다가 빈손으로
돌아오신 뒤, 아무것도 가진 게 없는지라 막일을 하셨다. 그런데
아버지 혼자 일해서는 그 많은 식구들 입에 풀칠도 할 수 없었다.
그러니 어머니도 생활전선에 뛰어드실 수밖에 없었다. 사실 어머
니는 얌전한 성격이라 장사를 할 수 있는 분이 아니셨다. 그 많은
자식들을 키우면서 큰소리 한 번 내거나 욕 한마디 하신 적이 없
었다. 아버지의 폭행에도 대드는 법이 없이, 늘 피해 다니기만 하
셨다. 무엇보다 비린 음식을 못 드셨다. 계란도 멸치도 술 한 모금
도 못 드셨다. 그런 양반이 장터에서 국밥이나 국수를 만들고 막
걸리를 팔았으니 얼마나 고역이었을지.

　어머니는 장날에는 장터에서 포장마차를 열었고, 장이 서지 않
는 무샛날(평일)에는 광주리에 참외, 복숭아 등 제철 과일을 머리
에 이고 이 동네 저 동네 다니며 장사를 하셨다. 집에서 직접 절
구를 찧어 떡을 만들어서 팔러 가실 때도 있었다. 그때는 과일이

나 떡을 팔면 돈으로 받아오는 게 아니라 보리나 쌀, 콩으로 받아왔다. 그러니까 무거운 광주리를 이고 갔다가 더 무거운 짐을 이고 돌아오셨다. 아버지가 돌아가실 때 어머니는 만삭이셨는데, 자식들을 굶길 수가 없어서 그렇게 배가 부른 상태로 이 동네 저 동네를 돌아다니셨다.

아직도 광주리를 머리에 인 어머니가 갈림길에 서서 이 마을로 갈까, 저 마을로 갈까 가늠하던 뒷모습이 선하다. 어린 마음에도 어머니의 뒷모습이 왜 그리 눈물겨웠던지. 여자들이 일할 수 있는 여건이 좋아진 지금에도 여자 혼자 아이들을 키우기는 정말 힘든 일이다. 그 당시에는 오죽했겠는가. 여자 혼자 몸으로 여러 자식을 키워야 했던 어머니의 무거운 짐은 지금도 생각하면 가슴이 먹먹해 온다.

아버지의 빈자리에 서다

아버지가 돌아가시고 나서 아버지가 해왔던 일을 내가 해야 했다. 언니는 이미 시집을 간 뒤라, 내가 맏이인 셈이었다. 생전에 아버지가 땔감을 구해 오고, 샘에 가서 물을 길어오셨다. 아버지가 떠난 뒤, 그 일을 내가 하게 되었다. 지게를 지고 뒷산이나 먼 곳에 있는 산에 가서 땔감을 해오고 매일 물지게를 지고 가서 물도 길어왔다. 남동생이 따라오겠다고 하면 말렸다. 우리 집에서는 귀한 아들이었고, 내게도 그랬다.

"뭔 아가씨가 지게를 지고 다닌다?"

나무 지게를 지고 가는 나를 보고 동네 아저씨가 한마디 했다. 그 말에 나는 속으로 '이 몸이 여자라고 남자 일을 못 하나요~'라는 어느 유행가 가사를 부르고 있었다.

어머니가 장사를 나가기 때문에 집안 살림도 내 몫이었다. 밥하고 빨래하고 갓난애 보고……. 동생들이 방 청소 같은 집안일은 도와준다고 하지만, 동생들도 내 손길이 필요한 어린애들이었다. 내게 그 많은 일들은 벅찬 것이었다. 어머니는 어머니대로 하루도 쉬는 법 없이 장날에는 장터로, 평일에는 이 동네 저 동네로 장사를 다녔다. 해 뜨면 나가서 해 질 녘에 돌아오셨다. 그렇게 열심히 살았는데도 우리 가족은 굶을 때가 더 많았다.

하루는 어머니한테 외상을 한 집이 어디냐고 물어서 내가 직접 그 집을 찾아갔다. 어머니는 남한테 싫은 소리도, 남의 부탁을 거절하지도 못하는 분이셨다. 그러다 보니 사람들이 외상을 하는 경우가 많았다. 외상집을 찾아간 나는 거짓말을 조금 보태서 말했다.

"엄마가 외상값 받아 오래유."

"담 장날에 줄 거니께 그만 가 봐라."

그 말을 듣고도 나는 그 집 마루에 앉아서 꿈쩍도 하지 않았다. 집에는 당장 먹을 쌀 한 톨이 없었다. 연이틀 동생들은 죽만 먹었더랬다.

"쇠고집이네, 쇠고집이여. 니 엄마는 안 그런디 니는 누구 닮아서 그렇게 쇠고집이냐?"

해가 지는데도 내가 여전히 그러고 있자 아주머니는 집에 있던 보리쌀을 내게 줬다. 외상값으로 받아온 그 보리쌀로 동생들 저녁밥을 해먹였다. 아버지가 돌아가신 후, 내가 어머니와 동생들을 지켜야 한다는 생각이 절로 들었다. 그렇게 나는 아버지의 빈자리에 서게 되었다.

우리 가족 앞에 떨어진 돈뭉치

아버지가 돌아가신 다음 해 일이다. 그날은 추석 대목 장날이었다. 장터에서 장사를 마치고 집으로 돌아가는 길이었다. 해가 뉘엿뉘엿 지는 신작로를 따라 나와 엄마, 동생이 보따리 하나씩 이거나 들면서 가고 있었다. 내가 제일 앞서서 걸어가고 있는데, 길 한가운데에 돈뭉치가 여기저기 떨어져 있는 게 아닌가. 그렇게 많은 돈은 생전 처음 보는 것이었다. 하지만 내 입에서 나온 첫마디는 "엄마, 이거 파출소에 갖다 주자."였다. 이 얘기를 하면 사람들이 한결같이 하는 말이 이랬다.

"에이, 거짓말. 견물생심이라는데, 정말 그렇게 했어요?"

그런데 정말 참말이다. 그게 다 우리 어머니한테 받은 세뇌교육 때문이다.

'내 것 아니면 만지지도 말아라.' '남의 것은 쳐다보지도 말아라.' '배가 고파도 남이 먹는 것은 쳐다보지 마라.' 어렸을 때부터 어머니에게서 가장 많이 들었던 말이었다. 지금 생각해 보면 어머니가 의식적으로 하신 가정교육이 있다면 이게 아닐까 싶다. 사실 먹고 사는 형편이 궁하면 다른 사람들이 갖고 있는 것에 눈을 돌리기가 쉽다. 그러다 보면 내가 갖지 못한 것을 갖고 있는 다른 사람을 부러워하게 되고, 그 사람이 갖고 있는 것을 탐하는 마음이 생기는 법. 어머니는 이런 사람의 마음을 알고 계셨던 것이다. 그리고 가난한 집에 태어난 당신의 자식들도 이런 유혹에 빠지기 쉽다는 것을 알고 이를 경계해서 교육하신 것이다. 당신 자식들이 못 먹고 못 입고 살더라도 자존심은 지키며 당당하게 살기를 바라셨던 것이다. 그런 어머니의 가정교육 덕분에 지금도 남의 것은 쳐다보지도 탐하지도 않는다. 그러다 보니 자연스레 남이 갖고 있는 부와 내가 갖고 있는 부를 비교하지 않게 되었다. 다른 사람의 삶과 자신의 삶을 비교하지 않게 된 것이다. 지금 내가 가지고 누리는 것들에 만족하고 사는 법을 자연스레 터득하게 된 것이다.

우리 세 사람은 왔던 길을 되돌아서 파출소에 갔다. 가지고 갔던 돈다발을 맡기고 돌아가려는데 아저씨 한 사람이 다급하게 파출소 안으로 들어왔다. 돈 임자였다. 알고 보니, 소장수인 아저씨가 소 판 돈을 바짓가랑이에 넣고 대님을 묶었는데 그게 풀린 것이었다. 술을 걸친지라 대님이 풀린 줄을 몰랐던 것이다. 아저씨는 몇 번이고 우리에게 고맙다며 사례로 돈 얼마를 우리에게 건넸다. 이 소식을 들은 동네 사람들이 다들 한마디씩 했다.

"니 아버지가 추석 쇠라고 보내준 건디 왜 돌려준 것이여?"

그날은 아버지가 돌아가신 추석날을 코앞에 두고 있을 때였다.

객식구로 늘 북적였던 우리 집

아버지가 계실 때도 먹고사는 형편이 어려워 끼니를 죽으로 때울 때가 많았지만, 아버지가 돌아가시고 나서는 먹고사는 일이 더욱 힘들어졌다. 우리 가족들에게는 아버지가 돌아가시고 그 후 몇 년 동안이 가장 힘든 시기였다. 하루하루 식구들 끼니를 해결하는 것이 어머니와 내게 제일 중요한 일이었고 가장 큰 일이었다. 지금도 그때를 생각하면 울컥해진다. 어떻게 그 어려운 시기를 건너왔는지 모르겠다. 그 힘든 시기를 함께 버틴 동생들을 보면 지금도 눈물겹고 한편으로는 대견하다.

그런데 그 어려운 살림에도 늘 객식구가 있었다. 장날에 장사 나갔던 어머니가 처음 보는 애를 데리고 집에 돌아오셨다. 아이 부모가 나중에 데려올 테니까 좀 봐달라고 했다는 것이다. 그 후에도 그런 일이 몇 번 더 있었다. 심지어는 생판 모르는 사람도 우리 집에 와서는 어머니에게 아이를 잠시만 봐달라고 사정을 했다. 우리가 살았던 외딴집은 사람들이 오가는 신작로에서 보였는데, 그러다 보니 길을 가다가 우리 집을 발견하고는 어머니에게 무작정 사정한 것이었다. 그런데 어머니는 잠시 동안 자기 자식을 맡아 달라는 그 사람들의 청을 단 한 번도 거절하지 않으셨다. 때로는 이모네 아이들이나 먼 친척집 아이들이 와 있기도 했다. 밥이면 밥, 죽이면 죽, 어머니는 그 아이들을 우리하고 똑같이 먹이고 입히셨다. 그러니까 그 애들 때문에 죽 한 그릇이 반 그릇으로 줄어들게 된 것이었다. 어린 마음에 화딱지 날 일이었다. 결국 어머니한테 볼멘소리를 하고 말았다.

"엄마가 고아원 원장이에유? 우리도 죽 한 그릇 먹기 힘든데 왜 다른 집 애들을 데리고 와유?"

"그래도 우리는 죽이라도 먹고 살잖여."

그렇게 한마디 하시고는 더는 아무런 말씀을 하지 않으셨다. 어머니의 말씀을 듣고도 못마땅한 심사는 풀리지 않았다. 그때는 어머니의 처사를 이해할 수 없었지만 시간이 흘러 나중에서야 조금이나마 어머니의 마음을 헤아릴 수 있게 되었다. 그때는 형편이 어려운 사람들이 참 많았다. 가난한 사람이 가난한 사람 속사정 안다고, 어머니는 당신이 그렇게 힘들게 살고 계셨기 때문에 그 사람들의 속사정을 잘 아셨고 그래서 거절할 수가 없었던 것이다.

무엇보다 자식을 떼어놓는 어미의 고통이 어떤 건지 너무나 잘 알고 계셨다. 아버지 때문에 집을 나가야 했던 어머니는 어린 자식들과 1년 이상을 떨어져 지내야 하셨다. 집에 돌아왔을 때 내가 없는 것을 보고는 단숨에 나를 찾으러 화천까지 달려오신 분이었다. 어미에게 자식을 떼어놓는 것은 제 살점을 떼어놓는 일과 같다. 그런 고통스러운 선택을 해야 하는 사람의 간절한 부탁을 차마 외면할 수가 없었던 것이다.

지금도 세종시 원주민 사람들은 우리 어머니를 천사 같은 분이라고 말하며 존경심을 표한다. 그러니 여기서 장사를 하는 나로서는 행동거지를 똑바로 할 수밖에 없다.

국수 도시락

늘 배를 곯으며 살았던 시절이었지만, 그래도 밥에 대한 행복한 기억이 몇 개 있다. 그중 하나는 수제비에 대한 것이다. 우리가 시장통에서 살 때의 일이다. 새마을운동이 시작되면서 아버지가 막일을 하고 돌아오실 때면 밀가루 한 포대씩을 가지고 왔다. 미국에서 원조해 준 밀가루를 일당으로 받아온 것이었다. 지금까지 봐온 밀가루와는 달리 눈처럼 새하얀 데다 가루도 거칠지 않고 부드러웠다. 그 밀가루로 수제비를 만들어서 먹었는데, 그렇게 맛있을 수가 없었다. 천국에서 맛보는 음식이 이럴까 싶었다. 그래서 지금도 새마을운동이라는 말을 들으면 당시 배불리 먹어 행복했던 기억이 떠오른다. 그때는 배고픈 아이들이 참 많았다. 동네 아이들과 '박정희 대통령은 밀가루 대통령~'이라는 노래를 부르며 다닌 기억이 있다. 자세한 노랫말은 기억나지 않는데, 아마도 그때 나와 비슷한 경험을 한 아이들이 즉흥적으로 만들어낸 노랫말이 아닌가 싶다. 그런 기억을 선사해 준 박정희 대통령에 대한 감사함은 살아오는 내내 늘 내 마음속에 있었다.

또 하나의 기억은 친구 집에서 받았던 아침상에 대한 것이다. 우리 집에서 학교에 가려면 계룡천(용수천이라고도 함)을 건너야 했는데, 그 강에는 외나무다리가 놓여 있었다. 하루는 학교가 끝나고 집에 돌아가려고 보니, 분명 아침에 건넜던 외나무다리가 보이지 않았다. 그사이 비가 너무 많이 와서 외나무다리가 잠긴 것이었다. 어떻게 할지 몰라서 우왕좌왕하고 있는데, 내 친구 영숙이의 어머니가 그러고 있는 나를 보고는 "건너지 말고 우리 집에서 자고 가라." 하셨다. 근처에 수리조합이 관리하는 뚝방이 있었는데, 아버지가 수리조합에 다니는 영숙이네는 그곳 사택에 살고 있었다. 그래서 영숙이네에서 하룻밤을 자게 되었다. 다음 날 아침, 영숙이 어머니가 밥상을 내오셨는데 쌀밥이었다. 콩 한 알, 보리쌀 한 톨도 없이 쌀만으로 지은 눈처럼 하얀 밥이었다. 우리 집에서 한 번도 본 적이 없는 그런 밥이었다. 우리 집 밥은 쌀보다는 콩이나 보리쌀, 옥수수, 조, 고구마 등의 잡곡이 더 많이 들어가 늘 거무튀튀했다. 그날 아침상에 올라온 쌀밥은 눈부시게 하얗고 윤기까지 잘잘 흘렀다. 허겁지겁 달려들어서 먹지 않으려고 노력하면서 숟가락질을 했던 기억이 난다. 내 어린 시절 가장 달게 먹은 밥이었다. 그리고 지금 돌이켜 생각해 보면 그때 친구 어머니가 하룻밤 자고 가라고 하지 않았으면, 자칫 무리하게 건너다가 빠져 죽을 수도 있었다. 평생 잊지 못할 고마움이다.

이런 몇 개의 기억 말고는 나머지는 다 배고픈 기억뿐이다. 어느 날 아침이었다. 어머니는 쌀이 없어서 밥 대신 국수를 삶아 주셨다. 어머니는 내게 삶은 국수로 남동생 도시락을 싸주라고 하셨다. 내가 싸갈 몫은 없었다. 학교까지는 먼 길이었다. 먼 길을 오가려면 그거라도 싸가지고 가야 했다. 당시에는 학교 뒷산에서 밥 먹는 아이들이 많았는데, 그것은 친구들 앞에서 도시락을 내놓기가 창피했기 때문이다. 도시락을 열고 불기 시작한 국수 면과 한쪽 귀퉁이에 고추장을 한 수저 떠서 놓았다. 불어터진 국수를 집다 말고 문득 '학교를 그만두고 돈을 벌어야겠다.'라는 생각이 들었다.

"엄마, 나 학교 그만둘 거여. 돈 벌 거여."

어머니는 이런 나를 말리지 못하셨다. 그렇게 해서 내 나이 열세 살, 학교를 그만두었다. 국민학교 4학년 중퇴, 이것이 내 학력의 전부다. 근데 학교에 출석한 날짜로만 본다면, 2년이나 제대로 다녔을까 싶다. 장날이라서 빠지고 집에 아기 볼 사람이 없어서 빠지고 이래저래 빠지는 날이 많았다. 아버지가 돌아가시고 나서는 학교 가기가 더욱 힘들었다.

학교를 그만두고 장터에서 일하는 어머니를 돕다가 동네 아주머니가 다리를 놔줘서 식모로 들어갔다. 근데 웬걸, 돈은 안 주고 밥만 먹여주는 것이 아닌가. 당장 그만두고 집에 돌아왔다. 그리고 장날마다 장터에 가서 어머니를 도왔는데, 국밥장사를 하는 것이 창피했다. 가끔 장터에 온 학교 애들을 보게 될 때면 창피한 마음이 더했다. 그렇게 열여섯 살까지 장터에서 어머니 일을 거들며 지냈다.

열여섯 시골 소녀의 서울행

　　　　　　　　　　장터에 나가 어머니 일을 도왔지만 우리 집 형편은 여전히 어려웠다. 내가 다른 일자리를 구해야 했다. 당시에는 여자들이 할 수 있는 일이 많지 않아서 평화시장에서 봉제공으로 일하거나 버스 안내양으로 일했는데, 안내양이 봉제공보다는 돈을 더 번다고 해서 버스 안내양을 하기로 맘먹었다. 마침 시장통에서 살 때 옆집에 살던 언니가 서울에서 버스 안내양을 하는데 돈을 잘 번다는 얘기를 들었다. 그 언니한테 나도 데리고 가 달라고 했다.

　서울 올라갈 때 어머니가 차비와 쌀 두 되를 챙겨주셨다. 신세를 지게 될 동네 언니한테 주라는 것이었다. '이 쌀이면 우리 가족들 몇 끼니를 먹을 텐데……' 하는 생각이 먼저 들었다. 서울 가는 버스 안에서 돈을 벌어서 동생들한테 흰 쌀밥도 먹일 것이고 공부도 시키겠다고 다짐하고 또 다짐했다. 그게 열여섯 살 봄의 일이다.

　나를 데리고 간 동네 언니는 결혼한 자기 언니한테 얹혀살고 있었다. 나도 그 집의 군식구가 되었다. 집은 약수동 꼭대기에 있었다. 동네 언니가 안내양을 양성하는 학원이 따로 있는데, 그 학원에 다녀야 취직이 빠르다고 했다. 차비만 몇 푼 들고 온 나로서는 학원은 꿈도 못 꿀 일이었다. 그 집에서 집안일을 며칠 거드는데, 답답했다. 서울에 오면 당장 돈을 벌 수 있을 줄 알았는데, 그러고 있으려니 답답할 수밖에. 동네 언니가 자신이 다니는 버스 회사에서 안내양을 구하면 바로 말해주겠다고 했지만, 마냥 이렇게 기다려서는 안 되겠다는 생각이 들어 직접 발로 뛰어야겠다고 마음먹었다. 그러니까 내 '무데뽀 정신'이 또 발동한 것이었다.

집에서 나와 가장 가까운 버스 정류장으로 가서 가장 먼저 온 버스를 탔다. 그리고 무작정 종점까지 갔다. 도착했더니 영등포였다. 버스 회사 사무실에 가서 안내양이 필요하지 않냐고 물었더니, 초보는 쓰지 않는다고 했다. 그래서 다시 버스를 타고 돌아오는데, 어디서 내려야 할지 알 수가 없었다. 약수 쪽으로 가는 버스인지 아닌지도 몰랐다. 내리고 보니 용산이었다.

밤이 깊어 있었다. 통금 사이렌 소리가 울리기 시작했고 가슴이 콩닥거렸다. 어릴 적 외딴곳으로 이사 가서 칠흑 같은 어둠에 무섬증이 들었던 그때보다 더 무서웠다. 시골도 아니고 도시라 여기저기 불빛은 있었는데도 무서웠다. 다행히 '한남동 방범 초소'라고 쓰인 곳을 발견하게 되었다. 뛰다시피 가서 내 사정을 말하고는 하룻밤 있게 해달라고 부탁해서 방범 초소에서 밤을 보냈다. 새벽에 통금이 해제되자 방범대원 아저씨한테 약수 쪽으로 가는 길을 물어보고는 약수동 집까지 걸어서 갔다.

그리고 그날 나는 다시 집을 나서서 다른 버스를 타고 종점까지 갔다. 하루가 급했다. 돈을 빨리 벌어야 한다는 마음뿐이었다. 하지만 또 허탕이었다. 돌아오는 길에 청계천에서 내려 또 다른 버스를 타고 종점까지 갔다. 이번엔 상계동이었다. 그런데 다른 종점과 달리 분위기가 이상했다. 정차된 버스들이 훨씬 많았다. 사무실에 가서 일하고 싶다고 했더니, 그 자리에서 옷을 건네는 것이었다. 당장 일하라는 것이었다. 유니폼과 모자를 주면서 얼른 나가보라고 했다.

일단은 신이 나서 버스에 오르기는 했는데, 어떻게 해야 하는 지를 알 수가 있나. 당시에는 지금처럼 정류장을 안내하는 방송도 하차를 알리는 벨도 없었다. 그런 일을 안내양이 할 때였다. 탕 탕! 두 번 치면 '오라이', 탕! 한 번 치면 '스톱'이었다. 그렇게 오라이, 스톱을 외쳐야 했는데 제대로 할 리 없었다. 안내양이 그러고 있으니 승객들이 직접 기사에게 내려달라고 말했다. 하차해야 할 정류장을 지나친 승객들은 기사와 내게 욕설을 퍼부으며 내렸다. 기사 아저씨도 중간중간 내게 소리를 쳤다. 종점에 도착하자 기사 아저씨가 승객들 때문에 참았던 욕을 풀어놨다. 열여섯 해 살아오는 동안 들었던 욕을 다 합치고도 한 열 배쯤은 더 많이 들었던 날이었다. 눈물도 나고 겁도 났다. 그렇지만 그보다는 취직을 했다는 것이 더 기뻤다. 나중에 알고 보니 그때 안내양들이 파업을 하고 있던 덕분에 내가 바로 취업을 할 수 있었다.

'두드려라. 그러면 열릴지니!'

맞는 말이다.

풋내기 안내양을 보호해 준 기사 아저씨

안내양으로 일하게 된 나는 기숙사에서 생활하게 되었다. 기숙사라고 해서 침대를 떠올린다면 오산이다. 큰방에 십여 명의 사람들이 요를 깔고 잤다. 일하기 시작한 지 얼마 되지 않았을 때다. 머리가 빙 돌면서 몸이 휘청거렸다. 그동안 취직하려고 신경 쓰느라 잘 먹지도 자지도 못해서 영양실조에 걸린 것이었다. 그렇게 휘청거리며 곧 쓰러질 판이었는데, 한 아주머니 승객이 "아이고, 저 아가씨 쓰러지겠네." 하는 소리에 정신이 번쩍 들었다. 어렵게 얻은 일자리를 잃고 싶지 않아서 정신을 바짝 차리고는 몸을 추슬렀다.

종점이 상계동인지라, 버스 승객들은 주로 상계동에 사는 사람들이었다. 근데 이 사람들 대부분은 청계천에서 살다가 터전을 빼앗기고 상계동으로 강제 이주를 당한 처지였다. 대부분 막일을 해가며 하루하루 연명해 가는, 먹고살기 힘든 사람들이다 보니 아무래도 사람들이 거칠 수밖에 없었다. 아무런 연유도 없이 내게 욕을 하고 차비를 떼먹고 도망갈 때도 있었다. 게다가 실습도 없이 일을 시작한지라 일을 잘 못했는데, 그 때문에 기사 아저씨들한테도 욕을 많이 얻어먹었다. 무작정 찾아가서 일자리를 달라고 했던 배짱과는 달리, 한편으로는 숫기가 없었다. 시골에서 올라온 여느 여자애들처럼 수줍음이 많았다. 기사 아저씨나 승객들한테 욕먹을 때마다 눈물이 났다. 점차 욕먹는 것에는 적응이 되어서 처음처럼 눈물을 흘리지는 않았지만 속상한 것은 어쩔 수가 없었다.

기사 아저씨들 중에 안영길이라는 사람이 있었다. 이 아저씨는 한 성질 하는 아저씨였는데도 다른 기사 아저씨들과는 달리 내가 일을 못 해도 혼내지 않고, 늦게 와도 묵묵히 기다려 주었다. 아마도 시골에서 올라온 어린 나를 가엾게 여긴 듯했다.

하루는 승객 아저씨 한 분이 아무 이유도 없이 상스러운 욕을 하면서 계속 시비를 걸어 왔다. 승객 아저씨의 거친 언사에 주변의 다른 승객들은 모른 척하고 있었다. 나 또한 아무런 대꾸도 하지 않고 참고는 있었지만 눈물이 곧 쏟아질 것 같았다. 그때였다. 버스가 '끼익' 멈춘 뒤 버스 뒷문이 열렸다.

"아저씨, 어디서 욕이야! 어린 안내양한테 그러고 싶어요? 당장 내려요!"

안영길 기사 아저씨였다.

"아저씨 안 내리면 안 가요!"

그러자 그 아저씨가 더 심하게 욕을 해댔다. 결국 그 아저씨는 안영길 기사 아저씨한테 멱살이 잡혀서 강제로 내릴 수밖에 없었다. 나를 위해 나서준 안영길 기사 아저씨가 너무 고마워서 다시 눈물이 날 것 같았다. 서울에 올라와서 처음으로 받은 호의였다.

아무것도 모르는 사회 초년생일 때 아무 말 없이 나를 보호해 주셨던 안영길 기사 아저씨. 지금도 그분에 대한 고마움을 잊을 수가 없다.

가장 힘들 때는 출퇴근 시간인데, 이때는 바글거리는 사람들로 인해 전쟁터가 따로 없었다. 어떤 때는 사람들이 나를 밀쳐내는 바람에 버스에 타지 못한 적도 있었다. 그래서 다음 정거장까지 미친 듯이 뛰어가서 간신히 버스에 올라타기도 했다. 한번은 사람들이 너무 많아서 문을 닫지도 못하고, 손잡이 봉에 매달려 두세 정거장을 가기도 했다. 떨어질 수도 있는 위험한 상황이었다. 안내양이 달리는 버스에서 떨어져 죽었다는 뉴스가 나올 때마다 남의 일 같지가 않았다.

돈을 만지는 직업이다 보니 몸을 수색하는 감독관도 있었다. 위아래 속옷을 모두 다 살펴보았다. 실제로 속옷 안에다 돈이나 토큰을 숨겼다가 들통 나는 경우도 있었다. 그런데 어디를 가든 감독관들이 나를 심하게 조사하지는 않았다. 평소 언행으로 보아 몰래 가져갈 사람으로 보이지 않았던 것이다. 어렸을 때부터 들었던 '남의 것은 만지지도 말라.'는 어머니의 말씀이 몸에 밴 덕분이었다.

한번은 수납실에 가서 입금을 하고 있는데, 나를 본 경리과장님이 이런 말씀을 했다.

"이양을 보면 이양 어머니가 어떤 분이신지 알겠어."

나를 좋게 보고 하신 말씀이었다. 그 말에 난 그저 웃기만 했다. 수줍음이 많아서 말없이 웃기만 하는 나를 보고 회사 사람들은 '미스 스마일'이라는 별명으로 불렸다. 1970년대는 어렵게 살던 시절이라 국민들의 웃음이 부족했다. 당시 정부에서는 새마을운동처럼 스마일운동도 벌이고 있었다. 밝게 웃으면서 살아가라고 말이다.

남동생을 서울로 불러들이다

남의 것은 쳐다보지도 부러워하
지도 말라는 어머니 말씀을 따랐지만, 한 가지는 따르지 못했다.
교복 입은 여학생을 볼 때면 여학생들이 입은 교복에 시선이 갔
고, 그때마다 속으로 '나도 교복을 입고 학교 다니고 싶다.'는 생각
을 했다. 내 형편에 어려운 일이라 얼른 그 생각을 지우기는 했지
만 교복을 볼 때마다 부러운 마음이 드는 것은 어쩔 수가 없었다.

교복과 관련해서 한 가지 아픈 기억이 있다. 집에 내려갔을 때
의 일이다. 대전에서 집에 가는 버스에 올라탔는데, 교복을 입은
여학생 세 명이 모여 앉아 있었다. 보니까 국민학교 동창생들이었
다. 웃으면서 학교 다녀오는 길이냐고 반갑게 인사했는데, 세 명
모두 나를 모른 척하고 외면하는 것이었다. 그제야 교복을 입은
그네들과 사복을 입은 내 처지가 다른 것을 깨달았다. 그 애들은
우리 동네에서 형편이 좋은 집 자식들이었다. 아마도 내가 서울에
서 버스 안내양을 하고 있다는 것을 들어서 알고 있었을 것이다.
세 사람이 짠 것처럼 일제히 나를 외면했을 때 충격이 컸다. 감수
성이 예민할 나이여서 그 상처는 더욱 컸는데, 이 일을 겪고 난

후 한참 동안 괴로워하고 슬퍼했다. 지금은 그 정도가 덜해졌지만, 이 일은 트라우마가 되어 나보다 많이 가진 사람, 배움이 많은 사람한테는 절대로 먼저 아는 체를 하지 않게 되었다.

비록 내가 학교에 다니진 못했지만 동생들은 가르쳐야겠다고 생각했다. 버스에서 남자 대학생들을 보면 남동생 생각이 절로 났다. 당시에는 고등학교가 평준화되어 있지 않을 때라서 명문 고등학교에 들어가려면 따로 입시를 준비해야 했다. 학원을 1년간 다니게 하면서 고등학교 입시를 준비시키려고 중학교를 졸업한 남동생을 서울로 불러들였다. 남동생하고 여동생이 올라왔다. 국민학교를 졸업한 여동생은 오빠 밥을 해 준다며 따라왔다. 기숙사에서 나와 방 하나를 구했다. 그리고 서울에서 가장 알아주는 학원인 종로학원에 동생을 등록시켰다. 그런데 학원비가 엄청 비쌌다. 기숙사에서 살 때와 달리 생활비도 많이 들었다. 더 열심히 일할 수밖에 없었다. 남동생이 입시학원을 다녔던 1년의 시간은 내게 너무나 벅찬 시간이었다.

하지만 안타깝게도 남동생은 지원했던 고등학교에 떨어지고 말았다. 나는 속상해하고 남동생은 미안해했다. 남동생은 입시학원에서 배운 게 있으니 집에 내려가 혼자 검정고시를 준비하겠다고 했다. 결국 남동생은 여동생과 함께 집으로 내려갔고, 혼자 검정검시를 준비해서 합격했다. 이후 남동생은 대학교, 대학원까지 진학해서 졸업했다.

나를 챙겨준 삼순 언니

스무 살, 그 좋은 시절에도 나는 쉼 없이 일했다. 돈을 버는 족족 집으로 부쳤다. 같이 일하는 언니들이 어디 놀러 가자고 해도 가지 않았다. 한 푼이라도 아껴야 했다. 아무것도 보이지 않고 단지 동생들을 먹여 살리고 가르쳐야 한다는 생각만으로 가득할 때였다. 그래서 쉬는 날에도 사정이 생겨서 일할 수 없게 된 사람의 대타로 나가서 일하는 경우가 대부분이었다. 그런 나를 언니들이 딱하게 여기고 잘 챙겨주었다.

전북 부안에서 온 삼순 언니도 그런 나를 잘 챙겨주었다. 나이가 많았던 언니는 나를 볼 때면 "노는 날 놀지, 왜 일만 하려고 허냐?" 하면서 안쓰럽게 여겼다. 하루는 한방에서 자던 삼순 언니가 보이지 않아 집에 갔거니 했다. 그런데 다음 날 언니가 나한테 살며시 오더니 "나, 너희 집에 갔다 왔어." 하는 것이 아닌가.

"언니가 우리 집에는 왜요? 어떻게 알고요?"

무슨 영문인지 알 수가 없었다.

"실은…… 니 가방 속에서 편지에 적힌 주소 보고 갔다 왔어. 말도 안 하고 미안해."

언니가 야무지고 똑똑한 사람이라 잘 물어서 갔을 거라고 생각
은 하면서도 그 외진 곳을 어떻게 찾아갔을까 싶었다.

"동생들이 어린데 참 착하더라. 어머니도 고생을 많이 하시
고⋯⋯. 가보니까 네가 이렇게 열심히 일하는 게 이해가 되더라."

언니한테 그 말을 듣는데 눈물이 왈칵 쏟아졌다. 우는 나를 언
니가 토닥여 주었다. 누군가 내게 다가와서 처음으로 "너 정말로
무거운 짐을 지고 사는구나. 진짜 힘들겠다."고 알아봐 주고 진심
으로 위로해 준 것이다. 앞만 보고 사느라 힘들다는 생각도 못하
고 있었지만, 사실은 엄청 힘들고 버거웠던 것이다. 그런 것을 다
른 사람이 알아봐 주니까, 그동안 쌓인 힘들고 서러웠던 감정이
봇물 터지듯 쏟아졌다.

그런데 당시 언니에게 고맙다는 말을 하지 못했다. 처음에는 우
느라 그럴만한 경황이 없었고, 나중에는 숫기가 없어서 제대로 인
사를 못 했다. 게다가 그때 버스에서 만난 여고 동창생들이 외면
한 일로 상처를 받아서 위축되어 있을 때였다. 원래 숫기가 없기
도 했지만 그 일을 겪고는 더욱 사람들에게 말을 제대로 하지 못
했다. 나중에 동생들한테서 삼순 언니가 자기들 머리도 감겨주고
땋아줬다는 이야기를 전해 들었다. 그 언니라면 우리 집을 찾아
갔을 때 빈손으로 갈 사람도 아니고, 동생들에게 용돈이라도 주
고 왔을 사람이었다.

'정말 고맙습니다. 멀리 집까지 찾아가 주신 일도. 내 무거운 짐
을 알아봐 주신 것도. 내 등을 토닥여 주신 것도. 무엇보다 그날
같이 울어주신 것도. 정말 고맙습니다. 그 모든 것들이 제게 큰

위로와 힘이 되었어요.'

언니에 대한 감사함을 늘 마음에 품고 살아왔다. 지금은 칠십
대의 노인이 되었을 삼순 언니. 보고 싶어요, 삼순 언니.

버스 안내양 시절 동료들(가운데 앉아 있는
이가 필자)과 즐거운 한때

이처럼 나를 챙겨 준 삼순 언니도 있었지만 나를 짓궂게 괴롭
힌 언니도 있었다. 여자들이 많이 모여서 살다 보니 남자처럼 건
들거리는 사람도 있었는데, 수연 언니가 그랬다. 그 언니는 수줍
음이 많은 나를 보고 자기 여자로 만들겠다며 공공연하게 말하고
다녔다. 요샛말로 동성연애를 하자는 것이었다. 어느 때는 잠에서
깨 보면 수연 언니가 나를 끌어안고 자고 있어서 질겁하기도 했
다. 그리고 수시로 내가 좋다며 자꾸만 나를 껴안으려고 해서 싫
다고 울기도 했다. 다른 언니들이 수연 언니가 그러는 것을 보고
나를 괴롭히지 말라며 수연 언니를 혼냈다. 결국 수연 언니는 다
른 동료와 잘 지내다가 다른 회사로 옮겼다.

한눈에 들어온 귀공자

내 입으로 이런 말을 하기는 뭣하지만, 내 얼굴은 '연애 좀 해봤겠네.' 하는 생김새다. 못 봐줄 얼굴은 아니라는 얘기다. 승객들한테서 종종 예쁘다는 소리를 듣기도 했다. 그때는 자가용이 많지 않아 대부분 버스를 이용할 때인지라, 다양한 계층의 사람들을 버스에서 만날 수 있었다. 어느 날은 고급스러운 옷차림을 한 여자가 내게 오더니 작은 목소리로 요정에서 일하지 않겠냐며 말을 걸었다. 충무로에서 요정을 운영하고 있는 여사장이었다. 당시에는 고등학교를 졸업하고 요정에 나가는 아가씨들이 많았다. 요정에 있다가 연예인으로 스카우트되기도 하던 시절이라, 형편이 어렵지 않아도 그런 기회를 노리고 요정에 나가는 여대생들도 있었다. 서울에 올라갈 때 어머니께서 내게 해준 말은 사람을 조심하라는 것이었다. 나는 단칼에 거절했다. 어떤 사람은 내가 이런 곳에서 일하기에는 아깝다면서 강남에 있는 백화점에 판매원으로 취직시켜 주겠다고 했다. 요정처럼 이상한 곳은 아니었지만, 그 일을 하려면 방을 따로 얻어야 해서 생활비가 더 들 게 뻔해 거절했다. 이런 식의 일자리 제의가 종종

들어왔지만 흔들리지 않았다.

청춘남녀가 있는 곳에 연애가 빠질 수 없는 법. 안내양과 대학생들 사이에는 로맨스가 많았다. 그중에는 결혼으로 이어져 잘사는 커플도 있었다. 나도 대학생들로부터 종종 대시를 받았지만 모두 거절했다. 날마다 내 차를 기다렸다가 타는 외대 남학생이 있었는데, 하루는 내게 쪽지를 줬다. 차를 한잔 마시자는 것이었는데, 거절했다. 동생들을 뒷바라지하는 것이 최우선이었기 때문에 연애와는 담을 쌓고 한눈팔지 않았다. 그것은 어머니도 마찬가지셨다. 아버지가 돌아가셨을 때 어머니는 사십 대 중반이셨다. 장터에서 국밥장사를 하시다 보니 집적거리는 남자들이 없을 수가 없었다. 어머니는 그런 유혹에 한 치도 흔들리지 않았다. 어머니도 나도 흔들린다면 우리 가정을 온전히 지켜낼 수 없다고 생각했다. 그래서 모든 유혹을 단호하게 잘라냈다. 지금 우리 형제들이 이렇게 살 수 있는 것은 어머니와 내가 한눈을 팔지 않았기 때문이라고 생각한다.

내게 대시를 한 남자들 중에 기억에 남는 한 사람이 있다. 안내양이라는 직업이 아무래도 돈을 만지다 보니 몸수색을 하는 감독관도 있었고, 따로 조사원을 두기도 했다. 조사원은 회사에서 외부에 용역을 줘서 고용한 사람으로, 승객 수를 기록하는 일을 했다. 한번은 차에 탔는데 내 뒷좌석에 귀공자처럼 생긴 남자가 앉는 게 아닌가. 공책을 꺼내 놓고 볼펜을 잡고 앉아 있는 걸 보니 조사원이었다. 문득 '귀공자같이 생긴 사람이 왜 조사원을 하지?' 하는 생각이 들었다. 안내양들은 조사원들보다 상대적으로 돈을 더 많이 버는지라 조사원을 우습게 여겼다. 버스에 타는 조사원은 날마다 바뀌었다. 이는 조사원과 안내양이 계속 한 버스를 타다가 두 사람이 공모해서 돈을 빼돌리는 것을 미리 막고자 함이었다. 그리고 조사원과 안내양은 서로 말을 주고받지도 못하게 되어 있었다. 그런데 귀공자처럼 생긴 그 조사원이 내게 말을 걸어온 것이었다.

"혹시 시간 있으세요? 할 말이 있는데……."

마침 다음 날이 쉬는 날이었다. 그래서 종점에 있는 빵집에서 내일 보자고 했다. 다음 날 혼자 가기 뭐해서 친구를 데리고 나갔다. 조사원은 한참 쭈뼛거리더니 말했다.

"사실은 부산에서 올라왔는데…… 가지고 온 돈이 지금 다 떨어졌어요. 내려가려고 하는데 차비가 없어서……."

그러니까 부산으로 내려갈 차비를 빌려 달라는 것이었다. 가서 부쳐주겠다고 말이다. 예상 밖의 말이었다. 무슨 일로 보자고 하는 건지 친구랑 이런저런 추측을 해봤지만, 이런 말이 나올지는 몰랐다. 친구와 내가 가장 많이 예상했던 것은 '사귀자고 하는 게 아닐까?'였다. 당연히 그에 대한 답으로 '노(NO)!'도 준비해 갔는데 웬걸, 돈을 빌려달라니…….

"부산 가는 기차 삯이 얼마예요?"

나는 차비는 그냥 줄 터이니 부칠 필요 없다고 말했다. 부산역에 도착해서 집까지 가는 데 필요한 버스비까지 챙겨서 건넸다. 그 남자는 고맙다면서 꼭 부치겠다고 말했다. 기숙사로 돌아오는 길에 친구가 한마디 했다.

"알지도 못한 사람한테 돈을 왜 주냐? 저 사람이 하는 말이 참 말인지 거짓말인지 어떻게 알고? 괜히 네 생돈만 날린 거야."

친구 말이 맞을 수도 있다. 상대방이 거짓으로 내 돈을 뜯어간 것일 수도 있다. 그런데 아닐 수도 있지 않은가. 한 번밖에 본 적이 없는 여자한테 차비를 빌려달라고 하는 게 쉬운 일은 아니다. 아마도 그런 부탁을 할 사람이 주변에 없는 것이었으리라. 여전히 형편은 여유가 없었지만 어려운 사람의 사정을 들어준 것이 기분이 좋았다. 그 일은 그렇게 잊히나 했는데 얼마 후에 편지가 도착했다. 그 조사원에게서 온 것이었다. 그 남자는 편지에서 자신의 내력을 길게 밝혔다.

저는 동아대학교 학생입니다. 아버지는 서면에서 양복점과 직물점을 하시는데, 작은엄마를 봐서 어머니와 이혼하셨습니다. 그래서 어머니는 일본으로 가시고, 그 때문에 아버지와 트러블이 있어 가출을 하고 서울로 올라간 것입니다. 아버지께 봉자씨가 도와준 이야기를 했더니 같이 봉자씨를 만나러 서울에 가자고 하십니다. 그러니 모월 모일 모시까지 동대문고속버스터미널로 나와 주십시오.

편지 말미에 적힌 구절 때문에 당황했다. 혼자 진도를 나가고 있는 모양새였다. 얼른 답장을 썼다. 오지 말라고. 그리고 그 돈 받지 않아도 된다고. 그러고 나서 다시 편지가 왔는데, 그 남자가 아니라 동생한테서 온 것이었다. 배다른 동생인데 중학생이라고 했다. 형님이 지금 문고리를 잠그고 술만 마시고 있다. 누나가 한 번만 내려와 주면 안 되느냐는 내용이었다. 이 편지에는 따로 답장을 하지 않았다. 몇 달 후 이 남자에게서 다시 편지가 왔다. 아버지하고는 맞지 않아서 어머니가 계신 일본으로 간다고. 차비는 부쳐주겠다고. 자기 딴에는 결혼까지 생각하고 아버지께 말씀드렸던 것인데, 원치 않은 것 같으니 마음을 접겠다고. 다 털고 일본으로 간다고 말이다.

남자에 대해서는 이처럼 확실히 행동했다. 동생들 뒷바라지를 해야 하는 처지인데, 연애나 결혼을 생각할 수가 없었다. 아니, 절대로 생각하면 안 되는 것이었다. 이성에 관심을 가질 만한 나이일 때부터 마음 단속을 철저히 한 탓일까. 그래서인지 남자에게 설렌 적이 없다. 이런 말을 하면 거짓말 아니냐고 하는데, 참말이다. 그러니까 '연애 좀 해봤겠네.' 하는 사람들의 선입견과 달리 나는 연애를 해본 적이 한 번도 없다. 그런데도 사는 내내 그런 오해를 받았다. 억울한 일이다. 나를 위한 즐거움은 없었다. 늘 어린 동생들과 엄마를 걱정해야 했으니까.

갑작스레 찾아온 불청객, 우울증

우리 집 형편도 점차 나아지고 있었다. 검정고시에 합격한 남동생은 공무원 시험에 합격해 공무원이 되었다. 바로 밑의 여동생도 학교를 졸업하고 사회생활을 하기 시작했다. 집에 돈을 버는 사람들이 늘어난 것이다. 그래서일까. 한숨을 돌릴 만한 여력이 조금 생기자, 몸과 마음에 탈이 생겼다.

나는 열여섯 살에 서울에 올라와서 거의 밤낮으로 쉬지 않고 일했다. 쉬는 날에도 다른 사람 대타로 일하느라 따로 휴일이라는 게 거의 없었다. 몸이 힘들다고 신호를 보내지 않은 것은 아니었지만, 그냥 무시하고 일했다. 그런데 내 어깨에 진 짐들이 조금 가벼워지는 듯하자, 먼저 몸에 탈이 왔다. 잠을 자도 피곤이 풀리지 않고 몸이 천근만근 무거웠다. 한번 감기에 걸리면 쉽게 낫지도 않았다. 그래서 일을 쉬고 집에 내려왔다. 스물세 살의 일이다. 8년 만에 제대로 쉬어 보는 것이었다. 그런데 문제는 따로 있었다. 그렇게 쉬면 기분이 좋아야 할 터인데, 도리어 화가 나고 짜증만 느는 것이었다. 작은 일에도 식구들한테 버럭 화를 내거나 신경질을 부렸다. 하지만 짜증을 내면서도 딸로서 맏이로서 제 역할을 하지 못하는 것에 대한 죄책감이 있었다. 그런데 이런 자책을 하면서도 감정을 조절하는 것은 힘들었다. 당시에는 내가 왜 그런지를 알지 못했다. 나중에야 그때 내가 우울증에 걸렸다는 것을 깨달았다. '나'의 삶은 없었고, 아버지의 빈자리를 대신한 '맏이'의 삶만 존재했을 때였다. 내가 좋아하는 것이 뭔지, 하고 싶은 일이 뭔지 생각할 여력이 없었다. 그래서 '나도 좀 봐 달라.'고 마음이 소리쳤던 게 아닌가 싶다. 한편으로는 그처럼 몸과 마음이 탈난 데에는 약의 부작용도 있었던 듯하다. 장시간 일하다 보니 졸음을 쫓는 약을 종종 먹었다. 나만 먹었던 것은 아니고 다른 안내양들이나 기사들도 그런 약을 많이들 복용할 때였다.

가족에게 자주 화를 내는 자신을 보면서 안 되겠다 싶었다. 그때 〈선데이 서울〉이라는 잡지가 있었는데, 독자 투고란에 글을 써서 보냈다. 아직도 내가 써서 보낸 문구를 정확하게 기억한다.

몸과 마음이 많이 아픈 소녀입니다. 아픈 몸과 마음이 치유될 수 있는 좋은 책을 보내주세요.

반응은 폭발적이었다. 집배원이 날마다 우리 집에 책을 한 보따리씩 놓고 갔다. 꽤 오랫동안 책을 배달해 주느라 고생했을 것이다. 국내뿐만 아니라 일본이나 미국 같은 해외에서도 좋은 책을 많이 보내주었다. 당시 〈여원〉이라는 잡지책이 있었는데 꽤 비쌌다. 〈선데이 서울〉이 오락잡지였다면, 〈여원〉은 주부들이 많이 보는 교양잡지였다. 기자라는 분이 다달이 〈여원〉을 보내주었다. 사람들이 내게 보내준 책은 양서들이었다. 마음을 치유하고 싶어 하는 사람에게 삼류소설을 보낼 수는 없는 법. 영양가 있는 책들을 정말 많이 보내주었는데, 내가 일일이 살 수 없는 귀한 책들이었다.

나는 마음을 치유하기 위해 그 책들을 싸들고 집 근처에 있는 절로 들어갔다. 책들을 보내준 사람들의 마음까지 보듬고 가는 길이라 든든했다. 절에 서너 달 머물렀는데, 아침에 일찍 일어나서 경건한 마음으로 부처님께 절을 하고는 하루 종일 책을 읽었다. 난생처음으로 누리는 호사였다. 행복했다. 가을 햇살도 좋았고 바람도 좋았다. 몸과 마음에 찌들었던 때가 씻기는 듯했다. 깨끗하게 비워진 마음에 책에 적힌 좋은 문구들을 차곡차곡 담았다.

그제야 내가 책을 좋아했다는 것을 잊고 살았다는 것을 깨달았다. 처음 학교에 들어갔을 때 교과서를 구하러 고물상을 찾아다녔던 기억, 선생님이 일기를 잘 쓴다고 칭찬해 준 기억도 떠올랐다. 그러고 보니 독서도 글쓰기도 좋아했었는데, 그동안 먹고사는 일에 치여 다 잊고 있었던 것이다. 국민학교 4학년을 다니다가 학교를 그만둔 후 책을 가까이할 기회가 없었다. 쌀 한 톨이 아쉬운 처지에 책을 사볼 생각이 났겠는가. 나중에 버스 안내양이 되어 돈을 벌면서도 책을 사볼 엄두는 내지 못했다. 번 돈에서 최소한의 생활비만 남기고 몽땅 집으로 보낼 때라 책을 사서 보는 일은 사치에 속했다. 그런데 사람들이 보내준 책을 읽으면서 내가 책 읽는 것을 정말 좋아한다는 것을 새삼 깨닫게 되었다. 이때의 경험 덕분에 늘 책을 가까이에 두고 보는 습관이 생겼다.

그 시간은 내 인생에서 책을 가장 많이 읽었던 때다. 가뭄으로 갈라진 땅에 단비가 스미듯이 내 마음속 켜켜이 좋은 문구들이 스며들었다. '맏이'라는 짐을 내려놓고 '나'로 있었던 행복한 시간이었다. 그 덕분에 몸과 마음도 치유되었다. 그렇게 몸과 마음을 추스르고는 다시 서울로 올라갔다. 일자리를 구하는 것은 어렵지 않았다. 경력 덕분에 어디서나 쉽게 받아줬다.

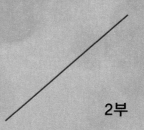

2부

또 다른 삶의 굴레

1978~2000년
26~48세

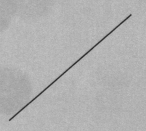

집으로 찾아온 삼형제

연휴여서 집에 내려와 있을 때였다. 인기척 소리에 어머니와 함께 나가 보니 낯선 남자들이 대문 안으로 들어서는 것이었다. 두 남자는 활기차게 마당 한가운데로 들어오면서 나를 대놓고 살피고 있었다. 그리고 그들 뒤편에서 머리를 짧게 자른 젊은 남자가 부끄러워하며 나를 흘끔 쳐다보았다. 세 사람이 돌아가고 난 다음 어머니에게서 그 사람들이 찾아온 연유를 듣게 되었다. 세 남자 중 두 사람은 형제이고 한 사람은 그들의 사촌이었다. 형이라는 사람이 내가 집에 내려왔다는 이야기를 듣고 자기 동생과 선을 보게 하려고 사촌과 함께 왔다는 것이었다. 그러니까 머리를 짧게 자르고 나를 흘끔거리며 쳐다보던 숫기 없던 그 남자가 내 신랑감이라는 소리였다. 그때 그 남자는 휴가를 나온 군인이었다.

이야기의 시작은 이랬다. 장터에서 어머니가 포장마차를 하는데, 늘 손님을 많이 데리고 오는 단골이 있었다. 어머니 포장마차가 소를 사고파는 소전 근처에 있었는데, 단골은 그 소전에서 우두머리 중개상으로 있었다. 그는 고성이 오가기도 하는 장터에서 한결같이 얌전하고 고지식하게 장사를 하는 어머니를 좋게 보았다. 그리고 여자 혼자 몸으로 여러 명의 자식을 건사하는 어머니를 딱하게 여겼다. 어느 날, 단골은 같은 동네에 사는 사람에게서 어떤 소리를 듣게 되었다.

"보니께 그 집에 장성한 딸이 있대."

"뭔 소리여? 그 집 딸은 아직 어린디."

"아녀, 아가씨가 있는데 이쁘더라고."

내가 잠시 집에 내려왔을 때, 나를 본 적 있던 동네 사람이 단골에게 전한 것이었다. 내 존재를 알게 된 단골은 어머니에게 자기 동생과 나를 결혼시키자고 했고, 어머니는 내가 내려오자마자 결혼하지 않겠냐고 넌지시 물어봤다. 그간의 사정은 알지도 못하고 나는 결혼할 생각이 전혀 없다고 했다. 이 말을 들은 어머니는 단골에게 우리 딸은 시집 안 간다고 했다면서 거절했다. 그런데도 단골은 아랑곳하지 않고 어머니를 볼 때마다 졸랐다. 우리 동생이 있는데 참 불쌍하다고. 네 살 때 어머니 여의고 형수 밑에 자랐다고. 먹고사는 데는 어려움이 없으니까 따님을 달라고. 어머니가 형편이 어렵고 불쌍한 사람들한테 마음이 약하다는 것을 알고는 어머니의 동정심에 호소하였다. 의도적으로 손님을 가게에 더 많이 데리고 오면서 말이다. 그러다 내가 왔다는 소식을 듣고 자기 동생을 데리고 우리 집까지 찾아온 것이었다. 우리 집에 찾아온 세 남자 중 형이라는 사람이 바로 그 단골이었다.

어머니에게서 이 모든 이야기를 들은 나는 결혼할 생각이 전혀 없다고 다시 한 번 단호하게 말했다. 어머니가 그래도 사람은 괜찮은 것 같으니 다시 생각해 보지 않겠느냐고 말했다. 상대방이 싫고 좋고를 떠나서 시집갈 생각이 전혀 없다고 못을 박아서 말했다.

집과 연락을 끊고

그 후에 다시 집에 내려갔는데 어머니께서 청천벽력 같은 소리를 하셨다. 사주단자를 받으셨다는 것이다. 사주단자는 혼인이 정해진 다음에 신랑 집에서 신부 집으로 신랑의 사주를 적어서 보내는 것이다. 기가 막혔다. 내가 몇 번이나, 아니 수십 수백 번 결혼은 하지 않겠다고, 전혀 하고 싶지 않다고 말했는데 어떻게 사주단자를 받으실 수 있단 말인가.

어머니가 미안한 어조로 말씀하셨다. 그쪽에서 간곡히 부탁을 하기에 거절하지 못하고 사주단자를 받았다고. 내가 이렇게 나올 줄 알고 한 달 전에 사주단자를 받아놓고도 이제야 이야기한다고. 그쪽에서 어머니를 얼마나 들들 볶았을지 뻔히 보였다. 그렇다고 해도 그걸 받은 어머니에 대한 화가 누그러지지 않았다. 그리고 당사자가 싫다는 데도 막무가내로 사주단자를 보낸 그 사람들한테도 화가 치밀었다. 어머니에게 나는 모르는 일이며, 시집은 절대 가지 않겠다는 말만 하고 그 길로 서울로 올라와 버렸다. 그러고는 집에 내려가지도, 연락을 하지도 않았다.

지금이야 결혼을 하지 않고 혼자 사는 사람들이 전혀 이상할

게 없는 시대이지만, 그때만 해도 결혼은 당연히 해야 하는 것이었다. 혼기가 지났는데도 결혼을 하지 않은 사람은 어딘가 문제가 있는 사람으로 취급하는 게 당시 분위기였다. 비록 그런 시대라도 나는 결혼하고 싶지 않았다. 함께 일하던 동료가 결혼을 하면 다른 동료들은 축하하면서 이를 부러워했는데, 나는 전혀 부럽지가 않았다. 결혼이라는 테두리에 갇히고 싶지 않았다.

어쩌면 어렸을 때 본 아버지의 모습 때문일 수도, 맏이로서 가정을 책임지다 보니 연애세포가 아예 만들어지지 않아서 결혼에 회의적이었을 수도 있다. 아니면 더 이상의 짐을 지고 싶지 않았던 게 아니었을까 하는 생각도 든다. 그때까지 '이봉자'라는 한 개인의 삶은 없었고, 어머니의 딸 그리고 아버지의 빈자리를 대신해 동생들을 건사해야 하는 맏이로서의 삶만 있을 뿐이었다. 당장 우리 집이 처한 상황이 다급했기 때문에 '나'를 생각할 여유가 없었다. 그러다 보니 '나'의 생각이나 감정, 욕구는 제대로 표출되지도, 보살핌을 받지도 못했고, 결국 우울증에 걸리고 말았던 것이다.

다행히 세월이 흐르면서 내가 진 짐의 무게가 점차 가벼워지고 있었다. 동생들이 학교를 졸업하고 직장생활을 하기 시작한 것이었다. 드디어 내가 '나'로서 살 수 있는 시간이 가까워지고 있었다. 그런 때에 결혼이라니! 굴레에서 벗어나고 있는데, 또 다른 굴레 속으로 들어가라니! 당연히 기겁할 수밖에 없었다. 내게 결혼은 안락한 쉼터가 아니라 족쇄이자 굴레처럼 여겨졌다. 결혼 상대가 누구이건 간에 이런 내 생각에는 변함이 없었지만, 어머니에게서 들은 신랑감에 대한 이야기는 결혼을 더욱 내키지 않게 한 부분이 있었다. 어머니는 신랑감이 어렸을 때 엄마를 잃은 불쌍한 사람이라는 것을 강조했다. 신랑감의 형이 어머니의 동정심에 호소한 것처럼 어머니도 내 동정심에 호소했다. 어머니는 내가 당신처럼 품이 넓어서 그 불쌍한 사람을 따뜻하게 안아줄 수 있을 것이라고 생각하셨다. 그동안 맏이로서 동생들을 알뜰살뜰 보살피는 딸이었으니, 그렇게 생각하실 수도 있었다. 하지만 그건 어머니가 잘못 생각하신 것이었다. 실은 그렇게 살아왔기 때문에, 나보다는 남을 생각하며 살아왔기 때문에 이제는 나를 위해 살고 싶었다. 동생들 모두 학교를 졸업해서 직장을 잡거나 혹은 결혼을 하게 되면 홀가분하게 자유로이 살고 싶었다. 또 누군가를 책임지며 살고 싶지 않았다.

결혼도 제 뜻대로
선택할 수 없는 여자

사주단자를 받았다는 얘기를 듣고 난 뒤 2년 가까이 연락을 끊고 살았는데, 불현듯 집에 가고 싶어졌다. 어머니와 동생들도 보고 싶었고, 시간도 흘렀으니 그 일도 지나갔겠거니 생각하고 집으로 갔다. 집에 도착했더니 한밤중이었다. 동생들도 어머니도 반색하며 맞이해 주었다. 어머니가 차려준 밥을 맛있게 먹었다. 그런데 밥상을 물린 후 어머니가 하는 말에 기함할 뻔했다. 내일 그쪽 사람들을 만나 없었던 일로 하기로 할 생각이었는데 네가 온 걸 보면 인연인가 보다고. 환장할 노릇이었다. 하루만 늦게 왔더라면……. 그렇게 내 인생이 꼬이기 시작했다.

밤새 내내 어머니는 나를 설득하셨다. 그동안 신랑감 형이 손님을 많이 끌고 왔는데, 이렇게 통보하면 손님들 발길이 끊긴다. 그 형이 데려온 손님들 때문에 장사가 유지된다. 아직 동생들 공부가 남았으니 마음을 달리 먹으면 어떻겠냐. 이제까지 동생들을 위해 잘해 오지 않았느냐. 먹고사는 데 어려움이 없는 집안이다. 신랑감이 어렸을 때 엄마를 잃고 불쌍하게 자란 사람이다. 형들이 다른 여자 연결해 준다고 해도 싫다고 한다. 다른 여자는 다 싫고 오로지 2년간 너만 기다렸다. 불쌍한 사람 마음 아프게 하면 안 된다 등등.

결국 마음이 약해지고 말았다. 결혼은 절대 하지 않겠다고 한 마음이 흔들렸다. 한편으로는 마지막까지 나를 팔아서 동생들을 보살피려는 어머니에 대한 원망과 내 처지에 화가 났다.

"그래요. 결혼할게요. 그런데 내 행복을 위해서 결혼하는 것은 아니에요. 내 남은 인생도 우리 가족들을 위해서 던져 버릴게요."

원망과 서러움에 그리고 자포자기하는 심정으로 내뱉은 소리 였다. 곧바로 양가에서 결혼 날짜를 잡았다. 이 일로 어머니는 어 머니대로 오랫동안 내게 미안해하셨고, 나는 나대로 어머니를 원 망했다. 어머니가 내게 이 혼처를 적극적으로 민 것이 당신 말씀 대로 장사가 안 될까 봐 그런 것이 아니라는 것은 알고 있었다. 나 를 설득하려고 동생들을 팔았다는 것도 알고 있었다. 신랑감의 처지가 안돼서 결혼하라는 것이 아니라는 것도 알고 있었다.

어머니도 여느 딸 가진 어머니들처럼 내가 시집가서 호강하며 살기를 바랐다. 더구나 그동안 동생들을 부양하느라 고생한 딸이 었으니, 시집가서 잘살기를 바라는 마음은 더했다. 형이라는 사람 의 됨됨이가 괜찮으니 동생인 신랑감의 됨됨이도 믿을 만할 것이 고, 무엇보다 사는 형편이 괜찮으니 먹고사는 데 어려움은 없을 것이었다. 그래서 당신 딸이 시집을 가도 고생은 하지 않고 살겠 거니 생각하신 것이었다. 이런 어머니의 마음을 모른 것은 아니었 지만, 그래도 원치 않은 결혼을 하라고 강요한 어머니에 대한 원

망은 어쩔 수가 없었다. 어머니도 당시 사람들처럼 결혼을 하지
않으면 큰일 나는 것으로 생각했다.

어머니 가슴에 비수를 꽂고

결혼을 하겠다고 말은 해놨으나 결혼할 일이 아득했다. 결혼 날짜가 하루하루 가까워질수록 숨이 턱턱 막히는 듯했다. 내 의지가 아니라 어머니 말씀을 따르려고 승낙한 것이라 방황이 심했다.

일을 그만두고 집에 내려왔다. 결혼을 앞두고 예의상 신랑 집을 찾아갔지만, 내키지 않은 일이다 보니 표정이 굳어 있을 수밖에 없었다. 신랑 쪽 사람들도 내가 결혼을 하고 싶어 하지 않는다는 걸 알고 있었다. 동생들도 내가 결혼을 내켜 하지 않는다는 걸 알고 있어서 내 눈치를 살폈다. 하기 싫은 마음은 점점 커져 가는데, 도저히 출구가 보이지 않았다. 살기 싫은 생각뿐이었다. 결국 일을 저지르고 말았다.

그날 집엔 아무도 없었다. 동생들은 학교에 가 있었고 어머니는 광주리를 이고 옆 동네에 장사하러 가셨다. 죽어야겠다고 생각하고 약을 찾았다. 농약은 없었고 빙초산이 있었다. 빙초산 뚜껑을 열고 한번에 다 마셨다. 마시자마자 토했다. 빙글빙글 돌고 온몸이 타들어가는 듯했다. 생전 처음 접하는 통증에 방바닥을 데굴데굴 굴렀다. 이처럼 몸부림치고 있는데, 장사를 나간 어머니가 돌아오셨다. 방바닥에 놓인 빙초산 병을 본 어머니는 다급하게 물을 가지고 와서 나를 먹였다. 그러고는 손가락을 목구멍에 집어넣어서 토하게 했다. 다시 물을 먹이고 토하고, 이렇게 몇 번을 반복하셨다. 때마침 집에 오신 어머니 덕분에 살아나게 된 것이었다. 살아났지만 어머니 가슴에 비수를 꽂은 것이었다. 어머니는 탈진한 나를 부둥켜안고는 한참을 우셨다. 딸이 이렇게 싫다는 결혼을 시켜야 하나 하는 후회의 눈물이었을 것이다. 하지만 혼인 날이 잡혀 있는지라 이래라저래라 아무런 말씀도 하지 못하셨다. 약속한 혼인을 깬다는 생각을 감히 하지 못하던 시절이었다. 몸을 추스른 나는 갈팡질팡하던 마음에 종지부를 찍고 결혼을 하겠다고 마음먹었다. 큰언니가 어머니를 도와서 결혼 준비를 했다. 하지만 나는 아무런 신경도 쓰지 않았다.

눈물의 결혼식

1978년 11월 6일에 결혼했다. 당시 내 나이 스물여섯이었고, 남편은 스물아홉이었다. 외삼촌 손을 잡고 입장할 때부터 눈물이 쏟아졌다. 내가 우니 집안사람들도 다 울었다. 축하를 받아야 할 결혼식장은 온통 울음바다였다. 분위기가 이러하니 신랑 측에서는 자기들이 그토록 매달린 결혼을 하게 돼서 좋다는 내색조차 할 수가 없었다. 얌전한 어머니의 행실 덕분에 그 집 딸이라면 볼 것도 없다고 해서 신랑 형이 중매하였고, 신랑도 죽어도 나 아니면 안 된다고 해 결국 3년을 끌어서 하게 된 결혼이었다.

결혼식을 마치고 잔치를 하는데, 처음에 인사를 드렸던 큰집에 가지 않고 작은집에 가는 것이었다. 그때는 왜 그런지 알지 못했다. 작은집에서 내준 방 한 칸에서 신접살림을 시작했다. 신혼여행도 거절하고 가지 않았다. 이 상황을 만든 어머니와 신랑, 신랑형에 대한 반발심 때문이었다. 그리고 이 결혼을 결국 받아들인 자신에 대한 화도 컸다. 모든 것이 못마땅하기만 했다. 내 기색이 그러니까 신랑은 나에게 가까이 오지도 못했다. 그제야 자신이 감당 못할 여자랑 결혼했구나 하고 생각했지 싶다.

　나중에 들었던 이야기인데 동네 사람들은 내가 사흘도 못 살고 도망갈 여자라고 생각했다는 것이다. 내가 결혼을 하고 싶어 하지 않았던 것을 알고 있었던 데다가 시골에서 살만한 여자처럼 보이지 않기 때문이다. 내가 그동안 시골이 아니라 서울에서 지내왔고, 시골 사람답지 않게 화려하게 생긴 것이 도시에서 살 여자처럼 보였다는 것이다.

　어머니는 어머니대로 밤마다 잠을 못 주무셨다. 문짝이 흔들릴 때마다 내가 도망 오는 게 아닌가 하고 깜짝깜짝 놀라셨다는 이야기를 나중에 들었다. 내가 자식 셋을 낳을 때까지 내내 불안하셨다고. 아이 셋을 낳을 때까지는 날개옷을 절대 보여주지 말라고 했던 〈선녀와 나무꾼〉 이야기처럼 말이다. 어머니는 내가 싫다는 결혼을 시킨 것 때문에 늘 마음 아파하셨다. 나는 평생 어머니의 아픈 손가락이었다.

남편 이야기

남편은 3남 2녀 중 막내로 네 살 때 어머니를 여의었다. 6·25 전란 중에 남편을 낳은 시어머니는 산후 몸조리를 제대로 하실 수가 없었다. 그 때문에 산후병을 시름시름 앓다가 돌아가셨다. 우리는 장터에서 살았고 남편은 읍내에서 더 들어가야 하는 시골에 살았다. 시댁이 있던 동네는 청송 심씨 집성촌으로 집안사람들끼리 사는 곳이었다. 시댁은 궁핍한 시절에도 쌀밥과 고깃국을 먹고 살았을 만큼 형편이 넉넉한 집이었다. 남편이 열아홉 살 때 시아버지가 돌아가셨는데, 호랑이처럼 엄하셨다고 한다. 결혼을 한 큰형님이 시아버지와 함께 살았는데, 돌아가시기 전까지 시아버지가 살림의 주도권을 쥐고 사셨다.

남편도 나처럼 많이 배우지 못했다. 내가 형편이 어려워서 공부를 짧게 할 수밖에 없었다면, 남편은 공부하는 것을 그다지 좋아하지 않아서 상급학교에 진학하지 않았다. 국민학교를 졸업하고 농사짓는 큰형님을 도우며 살았다. 남편은 잇속이 밝은 사람이 아니어서 따로 자기 몫으로 일구어 놓은 것도 없었다. 다만 시아버지가 생전에 세금을 물어가면서 남편 앞으로 이전해 놓은 논이 있었을 따름이었다. 당신이 돌아가시면 의지할 데 없을 막내아들의 처지를 염려해서 미리 해놓으신 것이었다.

결혼식 잔치를 큰집이 아니라 작은집에서 하게 된 이유도 나중에 알게 되었다. 결혼 날이 잡혀 내가 결혼하지 않겠다고 빙초산을 먹었을 때, 남편은 남편대로 큰형수와 싸워서 가출했다. 그동안 큰형님 내외가 남편 명의의 논을 지었다. 그렇다면 도리상 결혼 준비나 살림나는 것을 해줬어야 했는데, 그러지 않았다. 이 때문에 남편은 큰형수와 싸우고 집을 나왔다. 그런데 내가 짐작해볼 때 큰형수가 결혼을 앞두고 일부러 꼬투리를 잡아서 싸움을 벌였던 게 아닐까 싶다. 남편은 버럭 하는 사람이 아니었다. 어머니라는 든든한 배경 없이 자란 탓인지 의기소침한 편이었다. 반면, 큰형수는 집안사람들이 다 알아주는 욕심쟁이였다. 큰형수의 실제 속마음이 어땠을지는 모르겠지만 전후 사정으로 미루어 봤을 때 일부러 쫓아낸 듯했다. 불화를 핑계 삼아 결혼 준비를 해줘야 하는 부담에서 자유로워질 수 있을 테니 말이다. 결혼하고 나서 얼마 있지 않아 집안사람들에게서 이 이야기를 들었을 때 처음 든 생각은 '결혼 전에 미리 알았더라면 파혼했을 텐데……'였다. 새댁이 이런 생각을 하다니, 서글픈 일이었다.

그래서 작은형 집에서 결혼 준비를 한 것이었다. 어머니의 가게에 손님을 많이 끌고 온 단골이 바로 작은형이었다. 큰집에서는 작은집에 3만 원을 부조한 것으로 자신들이 해야 할 일을 작은집에 모두 미루어 버렸다.

당신도 불쌍하고 나도 불쌍하고

살림을 내줄 만한 상황이 아니어서 작은집에서 신접살림을 했다. 원하지 않은 결혼을 한지라 신랑이 옆에 있어도 데면데면하게 굴었다. 남편은 이런 내 마음을 알고도 결혼했다. 아마 결혼을 하면 신부의 마음이 바뀔 거라고, 자신이 그 마음을 바꿀 수 있다고 생각했을 것이다. 그런데 살다 보니 정이 들었다? 불행하게도 그런 일은 일어나지 않았다. 남편을 아이들의 아버지로서 존중은 했지만 남자로서 남편에게 마음을 주지는 못했다.

'우리 남편이 있어서 든든해.' 그런 마음이 없었다. 의지가 되지 않았다. 의지라는 것도 나보다 상대가 단단해야 하게 되는 것이 아닌가. 결혼 후에도 계속 일을 했다. 아무 생각 없이 일에만 집중하고 싶었다. 일을 하지 않을 때는 온갖 잡념이 머릿속을 시끄럽게 했다. 그렇게 생각에 빠져들다 보면 결국에는 원망과 화로 속이 부글부글 끓어올랐다. 아마도 내가 일을 하지 않았다면 스트레스 때문에 일찍 죽었을 것이다.

남편은 어머니의 정이 뭔지 모르고 살아온 사람이다. 형수 밑에서 눈칫밥을 먹으며 자신보다 세 살 어린 조카가 자기 엄마에게 응석부리는 것을 보면서 자랐다. 시아버지는 그런 막내아들이 안쓰러워 당신이 돌아가실 때까지 한방에서 데리고 주무셨다. 시아버지는 남편이 열아홉 살 때 돌아가셨는데, 그때까지도 막내아들을 품에 안고서 주무셨다고 한다. 그리고 남편은 한 번 본 여자를 잊지 못해 3년을 기다려서 결혼했다. 하지만 그 여자는 사는 내내 남편을 남자로 봐주지 않았다. 참으로 쓸쓸한 인생이다. 지금에야 남편이 딱하다는 생각을 많이 한다. 하지만 이전에는 원치 않은 삶을 사는 내 설움과 원망만 보였다. 그런데 시간이 흐를수록 남편의 쓸쓸한 인생도 보이기 시작했다. 내가 죄를 짓고 살았다는 생각이 들었다. 어머니는 남편이 불쌍한 사람이니 잘 봐주라고 했지만, 아이러니하게도 그 남자는 나를 만나서 더욱 쓸쓸해지고 만 것이었다.

살을 섞고 살면서도 남편에게 다른 마음이 일지 않았다. 사람의 마음이라는 게 얼마나 고집스러운지, 한번 닫힌 마음은 결국 열리지 않았다. 내 남편이 문제가 아니라 아마 다른 남자랑 결혼하고 살았더라도 그러지 않았을까 싶다. 여자로서 남자한테 가슴 설레어 본 적이 없다는 것은 서글픈 일이다. 나는 사랑을 할 줄 모르는 여자가 되어 버린 것이다. 이런 여자를 만나서 남자로서 사랑을 받지 못한 남편의 인생도 슬프다. 이처럼 내키지 않는 삶을 사는 것은 얼마나 비극인가. 이는 당사자에게도 그런 당사자와 엮인 사람들의 인생마저도 불행하게 만드는 일이다.

분가 그리고 언니의 죽음

　　　　　　　　시골에 사는 것은 체질에 맞지 않았다. 작은집에서 1년 정도 살다가 무작정 청주로 나갔다. 청주로 간 것은 큰시누이가 살고 있어서였다. 하지만 큰형 밑에서 농사일만 거들었던 남편이 할 만한 일이 없었다. 결국 먹고살 방편이 없어서 우리가 예전에 살았던 장터로 돌아왔다. 마침 어머니도 외딴집에서 이곳 장터로 이사를 한 상태였다. 외딴집에 살 때 장터에서 다시 사는 게 소원이었는데, 뒤늦게나마 이룬 것이었다.

　장터로 이사 오면서 남편 명의의 논을 팔아서 집을 샀다. 그리고 남은 돈으로는 남편이 소 장사를 시작했다. 작은형이 소 장사를 하고 있어서 자연스레 하게 된 것이다. 그런데 공주 장으로 소를 사러 갔다가 그만 뭉칫돈을 도둑맞고 말았다. 얼마 못 가서 갖고 있던 생활비가 바닥이 났다. 친정이 가까이에 있었지만 어머니에게 걱정을 끼치고 싶지 않아서 내색하지 않았다. 그런데 우리가 돈을 잃어버린 것을 알고 계신 어머니가 장사해서 번 돈을 생활비 하라고 건네주셨다. 이제까지 어머니를 도와서 동생들을 뒷바라지해 왔던 나였다. 그랬던 내가, 더구나 출가까지 한 내가 어머니에게 그런 모습을 보였다는 것이 너무 속상했다. 하지만 달리 방도가 없어서 어머니가 주신 생활비를 받아 쓰며 한동안 어려운 시기를 보냈다.

아이들은 부쩍부쩍 자랐다. 도시로 나가야겠다는 생각을 했다. 먹고사는 일도 그러하고 무엇보다 아이들을 잘 가르치고 싶었다. 장터 집을 팔고 대전으로 이사를 갔다. 그때 큰딸 희령이가 초등학교 2학년을 다니고 있었고, 아들 민용이는 일곱 살, 막내딸 선아는 네 살이었다.

남편은 대전으로 나가면서 집안사람을 통해 농촌진흥원에 기능직으로 들어갔다. 전국을 다니면서 지하수를 개발하러 다니는 일이었다. 그때부터 남편이 퇴직할 때까지 우리 부부는 주말부부로 살았다.

대전에서 살던 큰언니는 농수산물 도매시장에서 새벽장사를 했다. 당시 큰언니는 유방암으로 투병 중이었던 터라 내가 시장에 나가서 언니 일을 돕게 되었다. 조카 이름이 영숙이어서 언니는 영숙이 엄마로, 나는 영숙이 이모로 불렸다. 그래서 지금까지도 나는 그곳 사람들에게 영숙이 이모다.

언니와 함께 장사를 하는 동안 장사하는 법을 배우면서 나도 장사를 해야겠다는 생각을 했다. 일하는 틈틈이 무슨 장사를 할지 구상했다. 그렇게 언니 일을 1년 정도 돕고 있을 즈음, 암 투병을 하던 언니가 그만 세상을 떠났다. 사십 대 초반의 한창 나이였을 때였다. 오랫동안 투병을 하고 있어서 죽음이 갑작스럽지는 않았지만 우리 식구들에게는 힘든 일이었다. 특히 당신이 살아계신 동안에 눈앞에서 자식을 잃으셔야 했던 어머니의 심정이 어찌했을지……. 지금 생각해도 가슴이 먹먹하다.

장사를 시작하다

　　　　　　　언니가 세상을 떠난 후, 언니가 하던 장사를 이어받아서 하게 되었다. 당시에는 농산물 경매라는 게 없었다. 농사짓는 사람들이 농산물을 상회에 위탁하고 가면, 상회는 그걸 팔아주고 그에 대한 수수료를 받았다. 그런데 이와는 별도로 중간상인, 즉 도매상이 있었다. 중간상인은 상회에 있는 좋은 물건을 사와서 자기 맘대로 물건 값을 책정해서 다시 소매상에게 팔았다. 그러다 보니 이윤이 많이 남았다.

　중간상인이었던 나는 밤 10시에 도매시장에 나갔다. 중간상인들 중에서 내가 가장 빨리 시장에 나왔다. 새벽장사인데도 한밤중에 나갔던 것은 좋은 물건을 사기 위해서였다. 가장 먼저 도매시장에 나가 상회를 돌면서 질 좋은 물건을 사가지고 와서 이를 되팔았다. 그래야 이윤을 더 많이 남길 수 있기 때문이다.

　어떤 때는 사람들이 필요한 물건이 적게 들어오는 경우가 있다. 그럴 때면 내가 다 사들여서 되팔았다. 시장에 가장 일찍 나갔기 때문에 가능한 일이었다. 그때 서른세 살이었는데, 아줌마가 아니라 아가씨로 보는 사람들이 많았다. 그래서 내가 아가씨인 줄 알고 물건을 몽땅 사주는 사람도 있었다. 소매상인들 사이에서 가장 좋은 물건이 우리 가게에 있다는 소문이 돌면서 단골도 점차 늘어갔다.

밤 10시에 나가서 상회를 돌면서 물건을 가져다 놓으면 새벽에 시장에서 장사하거나 노점상 하는 사람들이 와서 사갔다. 그때그때마다 조금씩 차이가 있기는 하지만 두세 시간 정도면 물건이 다 팔려 다음 날 오전 10시나 11시면 일이 끝났다. 중간상인들이 일을 끝내고 집에 가려고 상회 앞을 지나면, 상회 사장님들이 "장관님 가시네!"라고 했다. 돈을 잘 번다고 장난으로 하는 말이었다. 집에 들어가서 잠자고 난 다음에 집안일을 해두고 밤 10시에 다시 나갔다. 그렇게 마흔 살까지 8년을 일했다.

내가 아이들을 두고 장사를 할 수 있었던 것은 우리 집 옆에 외삼촌 내외분이 살면서 아이들을 돌봐주셨기 때문이다. 대전으로 이사 오면서 내가 가장 신경 쓴 것은 주거지역이 아이들에게 좋은 환경이냐는 것이었다. 그래서 괴정동으로 이사 갔는데, 그곳이 당시 대전에서는 주거지역으로 가장 좋은 곳이었다. 집 가까이에 유치원도 학교도 있었다. 동네는 상가 지역이 아니어서 유해업소도 없는, 조용하고 깨끗한 곳이었다.

한동안 돈 버는 재미에 푹 빠져서 살았다. 일하는 엄마를 둔 우리 애들은 어렸을 때부터 숙제나 준비물 등을 스스로 챙길 줄 알았다. 청소도 야무지게 잘했고, 문단속도 잊지 않고 잘했다. 공부도 아이들이 알아서 해 따로 공부하라는 소리를 할 필요가 없었다. 일하러 가기 전에 늘 화장대 위에 동전 한 주먹, 지폐 몇 장을 놓고 나왔다. 혹 아이들이 급히 필요할 데가 생기지 않을까 싶어서였다. 그런데 애들은 한 번도 그 돈을 그냥 가져다가 쓴 적이 없었다. 꼭 가게에 전화를 걸어서는 "오백 원만 쓸게요." 하고서 그 돈을 썼다.

어머니가 욕 한 번 하지 않고 우리를 기르신 것처럼 나도 아이들한테 큰소리 한 번 내지 않았다. 그럴 수 있었던 것은 내가 잘해서라기보다는 아이들이 잘했기 때문이었다. 말썽을 부리는 법이 없었다. 그때는 그런 아이들이 고맙기만 했는데, 지금은 다른 생각도 든다. 내가 일하다 보니까 아이들도 덩달아 조숙했던 것은 아닐까. 그래서 또래 아이들처럼 엄마한테 응석이나 투정을 못 부렸던 것은 아닐까. 어린 시절 내가 우리 집 상황 때문에 나이답지 않게 조숙하게 살았듯이 우리 아이들도 나 때문에 그랬던 것은 아닐까. 일하는 중에도 아이들을 챙기며 살아왔다고 생각했는데……. 우리 아이들이 잘 커줘서 고맙고 자랑스럽기만 했는데……. 이제야 미련스럽게 아이들에게 미안한 생각이 들었다.

아니 땐 굴뚝에
연기가 날 때도 있다

　　　　　　　　　　　장사하는 사람들끼리는 생존경
쟁이 치열하다. 이는 장사하는 사람들이 특별히 경쟁의식이 강한
사람들이어서가 아니라 장사라는 일 자체가 그럴 수밖에 없기 때
문이다. 시장을 찾아오는 손님들의 수가 한정되다 보니, 장사를
잘하려면 다른 데보다 좋은 물건을 값싸게 팔아야 한다. 그리고
시장이라는 데가 밀폐된 곳이 아니기 때문에 상대방의 매상을 서
로 다 알 수 있다. 그러다 보니 장사 잘 되는 데를 질투하고 시기
하기 마련이다. 고생하는 것은 비슷한 것 같은데, 누구는 돈을 많
이 벌고 자기는 적게 벌면 시기심이 발동하는 게 인지상정 아니겠
는가.

　우리 가게가 장사가 잘 되다 보니 시기의 대상이 될 수밖에 없
었다. 나는 주변 상인들의 시샘을 샀는데, 시샘을 하다 보면 상대
방의 흉을 보는 것은 당연지사. 그래서 유언비어들이 많았다. 더
구나 그때 내 나이가 젊은지라 이런저런 말이 나돌았다. 거래처
사람하고 밥만 먹어도 이상한 소문이 돌았다. 고마운 마음에 내
가 밥을 살 수도 있고, 좋은 물건을 사서 고맙다고 상대가 살 수

도 있는 일이었다. 그런데 누가 이걸 봤다 하면, 나는 꼼짝없이 바람 난 여자가 되고 말았다. 기가 막힐 노릇이었다. 처음에 그런 말을 들었을 때는 열을 내면서 일일이 아니라고 해명했다. 그런데 한번 소문이 나면 진위 여부와는 상관없이 그대로 사실이 되고 만다. 나중에 그게 사실이 아닌 것으로 밝혀져도, 소문이 이미 사실로 굳어져 아무런 소용이 없다. 지금의 연예인 스캔들하고 똑같다.

지금이야 그런 소문이 돌아도 내가 그런 짓을 한 적이 없으니 그런 소문에 연연하지도 않겠지만, 그때는 나이가 어렸을 때라 엄청 괴로웠다. 그 어머니의 그 딸이라고 나는 지고지순한 어머니처럼 조신하게 살았다. 그런데 내가 하지도 않은 일로 오해를 받는다는 것에 화가 나서 어쩔 줄 몰라 했다. 그런데 재미있는 게, 진짜로 다른 남자를 만나고 다니는 여자들은 정작 사람들 입에 오르내리지도 않는다는 것이다. 버선목이라면 뒤집어 보이기라도 하겠는데, 억울했다. 외모 때문에 그런 오해를 더 받았다. 내가 부인하면 할수록 말이 와전되어서 소문에는 더욱 살이 붙고 진짜처럼 되어 갔다. 무엇보다 화가 나는 것은 그런 소문을 만든 사람들이 같은 데서 일하는 사람들이었다는 것이다.

사람들 입에 오르내린 소문 중에 아직도 기억나는 것이 있다. 내가 거래처 남자랑 놀러 갔는데, 그만 그 남자가 사고를 내서 사람을 죽이고 교도소에 갔다는 것이었다. 무엇보다 그 남자가 자신과 같이 간 여자가 바로 나라고 말했다는 것이다. 일을 벌인 당사자가 그렇게 말했다고 하니, 어느 누구도 이게 뜬소문이라고 생각하지 않았다. 답답할 노릇이었다. 안 되겠다 싶어서 구치소에 수감된 거래처 남자를 찾아갔다. 면회 온 나를 보고 당황해하는 남자에게 도대체 어떻게 된 일인지 따져 물었다. 거래처 남자가 우물쭈물하면서 밝힌 사건의 내막은 이랬다. 거래처 남자는 시골에서 농사를 짓는 사람이었는데, 한동네에 사는 여자랑 놀러 갔다가 사고를 내서 그만 사람을 죽였다는 것이다. 시골이어서 다들 알고 지내는 사이인지라 밝혀지면 난리가 날 게 뻔해서 나를 팔았다는 것이다. 자신들의 안위를 위해서 다른 사람에게 씻을 수 없는 오명을 덮어씌우다니! 기가 막혔다. 그런 소문에 일일이 대응하는 것이 아무런 가치가 없다고 생각해 아예 무시했다.

일보다는 이런 떠도는 말들에 진력이 났다. 그동안 농수산물 도매시장에서 열심히 일했고 그만큼 돈도 많이 벌었다. 그 덕분에 대전에 32평짜리 아파트도 장만했다. 남편보다 돈을 더 많이 벌었기 때문에 남편에게 월급을 달라고 한 적도 없었다. 남편에게 당신이 번 것은 당신이 알아서 쓰라고 했다. 그런데 이처럼 사람들 말에 시달리다 보니 장사를 그만두고 싶었다. 그리고 한 가지 일만 8년째 하다 보니 다른 일을 해보고 싶은 마음도 들었다. 그래서 새벽장사를 그만두고 식당을 차렸다.

식당을 열다

카이스트 근처에 고깃집을 개업했다. 식당의 이름은 '진명'이었다. 오랫동안 해왔던 일을 정리하고 새로운 일을 하는 것에 대해 두려움보다는 설렘이 더 컸다. 사실 파는 것이 채소에서 고기로 바뀌었을 뿐, 장사를 한다는 점에서는 같았다. 무엇보다 농수산물 도매시장에서 장사를 잘 해냈기 때문에 자신감이 있었다. 장사를 잘하는 비법은 따로 없다. 좋은 물건을 싼값에 팔면 되는 것이다. 농수산물 시장에서 장사할 때도 좋은 물건을 구하려고 가장 먼저 시장에 나갔다. 그런 것처럼 식당에서도 좋은 고기를 구해서 손님에게 팔았다. 주방장을 두고 장사는 했지만, 주인인 나도 다 할 줄 알아야 했다. 음식 장사를 하신 어머니의 솜씨를 물려받은 것인지, 나도 제법 솜씨가 있었다.

장사는 잘 되었다. 2년 정도 카이스트 근처에서 장사를 하다가 가게를 더 키워서 호텔이 많은 곳으로 옮겼다. 당시 대전 시내에 있는 가게들은 영업시간이 제한되어 있었지만, 유성구는 관광특구로 지정되면서 야간 영업시간 제한이 없었다. 장사하는 곳 옆에

엑스포호텔이 있었는데, 호텔 손님들이 많아서 장사가 잘 되었다. 그 지역이 대전의 상권 지역으로는 최고였다. 외국인 손님들도 많았는데, 일본인 단골손님들이 아직도 기억난다.

일본인 손님들은 같은 회사 직원들이었는데, 한 팀이 한국에 와서 3, 4주 정도 머물고 가면 릴레이 하듯이 다른 직원들이 와서 그 정도 머물고 갔다. 자세한 내막은 모르지만 회사 직원들이 번갈아가면서 한국 회사로 견학을 오는 게 아닌가 싶었다. 그런데 이처럼 직원들이 교체되는데도 늘 우리 가게를 찾아왔다. 먼저 간 사람들이 알려준 듯했다. 나는 파견을 마치고 일본으로 돌아가는 그 사람들 각자에게 김치를 선물해 주었다. 지금도 아쉽고 미안한 것은 IMF 사태로 가게를 정리하게 되었을 때, 이 손님들에게 문을 닫는다는 얘기를 전하지 못하고 가게를 접은 일이다. 가게를 찾아왔다가 문이 닫힌 걸 보고 얼마나 황당했을지. 물론 IMF 사태로 힘들어하는 걸 알고 있었으니 짐작은 했겠지만, 미안한 일이다.

일본으로 돌아가는 손님들 중 몇몇 사람이 일본에 오게 되면 찾아오라고 자신들의 명함과 함께 그동안 고마웠다는 편지를 건네줬다. 지금도 그 편지들을 간직하고 있다.

DATE 1998 2.18

안녕하세요. 저의 이름은 도가시

가스히 입니다.

신세가 많았습니다.

친절, 감사드립니다.

요리 매우 맛이 있었어요. 더구나

즐거웠다!!!

내일 아침 돌아가다 日本国(일본)

또 韓国 돌아오다

또 만나요. 안녕히 계세요.

私の韓国母.

FROM 冨樫一弘

〒990-0401

山形県東村山郡中山町大字長崎 1076番地

☎ 0233-662-2569.

東北システムエンジニアリング

일본인 단골손님 도가시 가스히 씨로부터 받은 편지

안녕하세요.

저의 이름은 도가시 가스히입니다.

신세가 많았습니다.

친절, 감사드립니다.

요리는 매우 맛있었어요. 더구나 즐거웠습니다!

내일 일본으로 돌아갑니다.

또 한국으로 돌아옵니다.

또 만나요. 안녕히 계세요.

言葉も習慣も知らない韓国に来て、初日
많도 습관도 모르는 한국에 온 첫날.

何処で夕食を食べようかと
어디서 저녁을 먹을까 라고

五人でブラブラ歩き迷っていました。が "진명" が
5명이서 여기저기를 걸어다녔습니다. 그때 "진명"이 보여서

気になり、他の四人に この店に入って見よう、と
다른 4명에게 "이 가게에 들어가 보자"고 하니

言うと、自然に求まり、佐竹さんも、この店が
자연스레 결정되어, 사타께씨도 이 가게에

気になっていた様です。
들어가고 싶어 했었던 것 같았습니다.

ハングル語のわからない我々は 次の日から、仕事が終ると
한국어를 모르는 우리들은, 다음 날 부터, 일이 끝나면

求って "진 명" に行く様になりました。
진명으로 가게 되었습니다.

　毎日来る我々に　毎日肉は体に良くない、と
매일 찾아오는 우리들에게 "매일 고기 먹으면 건강에 좋지않다"

ケイランタンを出してくれたり、健康に気配りして
계란탕을 만들어 주시기도하고, 건강에 신경 써 주셔서

くれて、有り難う。感謝しています。
정말 감사합니다.

仕事で遅くなってから行っても、アズマは渡れている
일이 늦게 끝나서 가도, 아줌마는 피곤하신데도

のに、いやな顔もせず "時間を気にするな" とか
싫은 얼굴 안 하시고, "시간에 신경쓰지 말라" 하시며

"ゆっくり食べなさい" とか、逆に気をつかってくれる。
"천천히 먹어요" 라고 말씀해 주시며, 신경 써 주셨습니다.

有り難う！本当に有り難う、知り会えて良かった。
고맙습니다. 정말 고맙습니다. 만나 알게되어 정말 기쁩니다.

感謝の気持ちでいっぱいです。
감사하는 마음 가득합니다.

体に気をつけて、頑張って下さい。さようなら!!
건강 조심하시고, 힘내세요.
안녕히 계세요
Mr 仙人

東北システムエンジニアリング

일본인 단골손님 센닌 씨로부터 받은 편지

114　내 인생의 자산, 무데뽀 정신

말도 습관도 모르는 한국에 온 첫날.

어디서 저녁을 먹을까 하고 5명이서 여기저기를 걸어 다녔습니다. 그때 '진명'이 보여서 다른 4명에서 "이 가게에 들어가 보자."고 하니, 자연적으로 결정되어, 사타케씨도 이 가게에 들어가고 싶어 했었던 것 같습니다.

한국어를 모르는 우리들은 다음 날부터 일이 끝나면 진명으로 가게 되었습니다. 매일 찾아오는 우리들에게 "매일 고기 먹으면 건강에 좋지 않다."고 계란탕을 만들어 주시기도 하고, 건강에 신경 써 주셔서 정말 감사합니다.

일이 늦게 끝나서 가도, 아줌마는 피곤하신데도 싫은 얼굴 안 하시고, "시간에 신경 쓰지 말라." 하시며 "천천히 먹어요."라고 말씀해 주시며 신경 써 주셨습니다.

고맙습니다. 정말 고맙습니다. 만나 뵙게 되어 정말 기쁩니다.

감사하는 마음 가득입니다. 건강 조심하시고 힘내세요.

안녕히 계세요.

몇 번 이사를 가면서도 이 편지들은 꼭 챙기면서 다녔다. 진심을 알아준 그 사람들이 고마워서이고, 장사를 잘해 왔다는 징표이기도 하기 때문이다. '말은 통하지 않아도 이렇게 진심은 통하는구나.' 하는 생각이 들었다. 장사를 잘한다는 의미가 돈을 잘 버는 것은 아니라고 생각한다. 특히 음식 장사는 그 음식을 먹는 사람들을 행복하게 하는 것이 장사를 잘하는 것이라고 생각한다. 그럴 때 결과적으로 돈도 벌 수 있는 법이다.

어린 시절 우리 식구들은 제대로 된 끼니를 챙겨 먹지 못했다. 세 끼니를 죽으로 때울 때가 많았다. 배고픈 사람들이 많았던 그 시절에 어머니는 국수장사를 하셨다. 가난한 사람들에게 국수 한 그릇이 얼마나 소중한지를 아셨기에, 늘 넉넉하게 주셨다. 어머니가 그렇게 장사를 해온 모습을 봐서인지 나 또한 음식을 만들 때 재료를 아끼지 않는다. 음식 장사하는 사람으로서 가장 기쁠 때는 손님이 남기는 음식 없이 맛있게 먹는 모습을 볼 때다.

IMF 사태로 가게 문을 닫다

그렇게 모든 것이 순탄하게 풀려갈 때 예기치 못한 일이 터졌다. IMF 사태가 터진 것이다. 기업들이 도산하고 대량 해고가 이어지며 나라 전체가 휘청거렸다. 국민들 모두 어려움을 겪었지만 그중에서도 가장 힘든 것은 자영업자들이었다. 뉴스에서 연일 자영업자들의 자살 소식이 들려왔다. 나도 그 위기를 피해갈 수는 없었다. 가게에 오는 손님들 대부분이 호텔 손님이었는데, 우리 가게 앞 호텔의 손님이 뚝 끊겼다. 호텔 앞에 즐비하게 늘어섰던 관광버스가 아예 자취를 감추어 버렸다.

'이렇게 1년만 장사하면 빌린 돈도 다 갚겠구나.' 하고 생각할 때 벌어진 일이었다. 상권이 좋은 지역이라 가게 월세가 비쌌는데, 손님이 뚝 끊겨버리니 매달 생돈을 물어야 할 판이었다. 보증금만 점차 줄어들고 있었다. 가게를 내놨지만 찾는 사람도 없었다. 하루하루 속이 타들어가 잠을 잘 수가 없었다. 게다가 가게를 넓혀서 올 때 빌린 돈도 있었다. 그때는 건물을 담보로 해서 은행에서 빌릴 생각도 못하고 친구와 작은 시숙한테서 각각 천만 원을 빌렸다.

그런 사태가 벌어지자 당장 전화가 왔다. 친구였다.

"이럴 때일수록 진정하고 정신 바짝 차려! 딴맘 먹지 말고, 알았지?"

뉴스에서 자영업자들이 자살한다는 소식을 듣고 걱정이 돼서 한 전화였다. 마음 가다듬고 어려움 잘 헤치라고, 나를 위로해 주려고 전화를 한 것이었다. 돈은 기다려 줄 테니까 천천히 갚으라고 했다. 그렇게 마음을 써준 친구가 정말 고마웠다. 그때 친구의 전화와 함께 또 하나의 전화를 받았는데, 작은 시숙의 전화였다. 격앙된 목소리로 당장 돈을 갚으라고 했다. 작은 시숙이 보증을 서서 농협에서 대출을 받았었는데, 그 대출금을 얼른 갚으라는 것이었다. 어려운 만큼 마음 단단히 먹고 잘 헤쳐가라고 위로해 주는 친구의 전화와는 완전 상반되는 전화였다. 더구나 남도 아닌 동기간이 그런 전화를 해온 것이었다. 설마 내가 그 돈을 떼어 먹을 거라고 생각한 것일까. 크게 상처받았다. 이 사태를 해결하려고 벌써 가게를 내놨지만 안 나가고 있어서 하루하루 속이 타들어가고 있는 판에, 걱정해 주는 한마디 말도 없이 돈 갚으라는 소리부터 하니 울화가 치밀었다. 안 되겠다 싶어서 아파트도 내놨다. 당시 우리 가족은 우리 소유의 아파트를 전세로 내놓고, 다른 곳에서 전세로 살고 있을 때였다. 지금 돌이켜 생각해 보면 그리 큰 빚은 아니었다. 그런데 처음 겪는 일이라 당황해서 무척 큰일로 받아들이고 있었다.

그런 상황에 놓이다 보니, 그동안 묻어 두었던 원치 않은 결혼을 한 원망과 화가 다시 솟구쳐 올랐다. 우리 어머니를 들볶아서 하기 싫은 결혼을 하게 만든 사람이 누군데. 결혼하고 나서도 잠도 자지 않고 장사를 하느라 얼마나 고생했는데. 그동안의 기억이 다 떠오르고 별별 생각이 다 났다. 그리고 원치 않은 결혼을 하게 한 사람들에 대한 원망 등으로 속이 부글부글 끓어올랐다. 잠을 잘 수가 없었다. 어찌나 화가 치미는지 가슴이 탁 막히고 숨을 쉴 수가 없었다. 화병이었다. 이러다 내가 죽겠구나 싶었다.

'그래, 죽어 버리자!' 그러다 다시 '아니지, 내가 왜 죽어? 이렇게 죽으면 내 인생만 너무 억울한 거 아냐? 여태껏 고생하며 살아온 내 인생은 뭐가 되는데?' 하는 생각이 들었다. 지금까지 고생하며 살아온 세월이 너무 억울했다. 마음을 가다듬고 그동안 내가 살아온 삶을 곰곰이 생각해 보니 한 번도 나 자신을 우선으로 살아본 적이 없었다.

결혼 전에는 동생들이 밟고 일어설 수 있는 발판으로 살아왔다. 인생에서 가장 중대사인 결혼도 하고 싶어서 한 것이 아니었다. 결혼해서는 아이들의 엄마로, 아내로 살아왔다. 한 번도 온전히 나만을 위해서 살아본 적이 없었다. 모든 것을 다 떨쳐버리고 오로지 나만을 위해 살고 싶었다. 그래야 이 죽을 것 같은 상황에서 내가 죽지 않고 살 수 있을 것 같았다.

한순간이었다. 죽고 싶다는 생각에서 온전히 나만을 위해서 살자는 생각으로 확 바뀐 것. 그 생각을 하자 온통 깜깜하기만 내 마음에 한 줄기 빛이 비추는 것 같았다. 그제야 원망과 미움으로 부글부글했던 속이 차분해졌다. 숨도 제대로 쉴 수 있었다. 이 경험을 통해서 내가 깨달은 점은 사람의 마음이라는 것은 정말 지

혜롭다는 것이다. 마음은 내가 그 지옥을 벗어날 수 있는 탈출구가 무엇인지를, 내게 필요한 처방이 무엇인지를 너무나 정확히 알고 있었다.

'나만을 위한 세상을 살아보자.'고 결심했을 때 가장 먼저 떠오른 것은 미국이었다. 미국에 가야겠다는 생각이 들었다. 어렸을 때 '미국은 어떤 나라일까?', '가보고 싶다.'는 생각을 한 적이 있었다. 어린 시절 내게 미국은 세계에서 가장 잘사는 나라였고, 가장 좋은 나라였다. 엄청 맛있게 먹었던 수제비도 미국에서 온 밀가루로 만든 것이었다.

그래, 미국에 가자.

IMF 사태로 마흔여덟 해 동안 열심히 살아온 인생이 사정없이 흔들릴 때 내린 결론이었다.

3부

내 생의 전환점,
미국행

2000~2002년
48~50세

혼자 미국행을 준비하다

　　　　　　　　　다행히 가게는 얼마 있지 않아 나갔다. 경기가 어렵기는 했어도 위치가 워낙 좋았기 때문에 가능했던 일이다. 아파트를 정리한 돈으로 친구와 작은 시숙에게서 빌린 돈을 갚았다. 모든 빚을 갚고도 수중에 돈이 남았다.

　미국에 가면 새로운 뭔가가, 내 인생의 전환점을 찾을 수 있을 것만 같았다. 서울에서 열리는 이민 설명회에 가보았다. 근데 가서 들어보니 미국에 가는 것이 쉽지 않았다. 취업이나 투자를 해서 가는 방법이 있었는데, 내게는 다 해당되지 않았다. 그렇다고 물러설 내가 아니다. 이봉자의 무데뽀 정신이 발동한 것이다. 지인을 통해서 미국으로 밀입국을 해주는 중개인의 전화번호를 얻었다. 내가 아는 것은 그 중개인을 통해서 미국으로 간 사람이 있다는 것뿐이었다. 캐나다에 사는 중개인에게 전화를 했더니, 미국에 올 수 있는 방법을 알려주었다.

　미국에 갈 날짜가 정해졌다. 아무에게도 말하지 않았다. 혼자서 여권을 만들고 짐을 싸기 시작했다. 미국에 갈 준비를 하는데 마음이 편하지 않았다. 아이들 때문이었다. 그때 큰딸이 대학교 2

학년, 아들은 대학교 1학년 그리고 막내딸은 고등학교 1학년이었다. 두 아이는 대학생이어서 그나마 걱정은 덜 됐지만, 아무래도 막내딸은 아직 어린지라 마음에 걸렸다. 큰딸이 잘 챙길 거라고 애써 마음을 다독여 봤지만 이래저래 마음이 무거웠다.

2월 5일, 출국하는 날이었다. 공교롭게도 그날은 설날이기도 했다. 설날이라 남편과 아이들은 새벽에 일어나 큰집에 갈 준비를 했다. 그곳에서 제사를 지내고 아침을 먹을 것이었다. 그전에는 나도 큰집에 갔지만, 이번에는 몸이 좋지 않다는 이유로 못 가겠다고 미리 아이들과 남편에게 말을 해둔 상태였다.

내가 그날 아침 엄마로서 마지막으로 한 행동은 아이들의 신발을 가지런히 놓아준 것이었다. 그날따라 무슨 일 때문인지 아들이 짜증을 냈다. 평소 같았으면 혼냈겠지만, 좋은 말로 타이르고 신발 신는 것을 챙겨 주었다. 나중에야 아들은 그날 엄마에게서 이상한 기색을 느꼈다고 말했다. 아이들과 남편이 큰집으로 떠나자 숨겨놓은 가방을 가지고 대전역으로 갔다.

집을 나서기 전, 세 아이들 책상 위에 미리 써놓은 편지를 놓아두었다. 여기서는 아무런 미래가 보이지가 않아서 미국으로 간다고. 영원히 이별하는 것은 아니니 조금만 참아달라고. 엄마를 이해해 달라고. 미국에서 자리를 잡으면 연락하겠다고.

짐은 큰 가방 하나였다. 대전역에서 기차를 탈 때부터 눈물이 쏟아지기 시작하더니 서울역에 도착할 때까지 멈추지 않았다. 사람들이 흘끔흘끔 쳐다봤다. 눈물을 참아보려고 해도 소용이 없었다. 서울역에 도착해서야 눈물이 잦아들었다.

밀입국을 앞두고
꿈에 나타난 아버지

김포공항에서 캐나다에 함께 갈 여자를 만나서 출국했다. 캐나다에 도착해서 입국 인터뷰를 했는데, 그 여자가 시킨 대로 친척인 것처럼 행세했다. 무사히 통과했다. 그리고 그 여자 집에서 하룻밤을 잤다. 공짜는 없었다. 그 여자에게 넉넉하게 돈을 줬다. 다음 날 중개인의 집으로 갔다. 전화로만 연락하다가 처음으로 대면하게 되었다. 중개인의 집 다락방에서 잠을 잤다. 그 이튿날 출발할 줄 알았는데 웬걸, 일주일이 지나고 열흘이 지나도 갈 생각을 하지 않았다.

캐나다는 내가 가려고 한 목적지가 아니었기 때문에 집 밖으로 나가서 그곳을 둘러본다든지 그런 생각은 아예 나지도 않았다. 바깥세상은 눈이 많이 오는 낯선 곳이었을 뿐, 아무런 호기심도 끌지 못했다. 내 목적지는 한국 사람이 많이 산다는 로스앤젤레스도, 백악관이 있는 워싱턴도 아닌 뉴욕이었다. 미국 중에서도 뉴욕을 목적지로 정한 이유는 단순하다. 그곳이 세계 최고의 도시였기 때문이다.

목적지가 따로 있는데 갈 생각을 안 하고 있으니, 하루하루 피가 말랐다. 나 살겠다고 자식들을 놔두고 혼자 떠나온 길이었다. 절박했다. 단지 내가 정한 목적지만 보였다. 그런데 이렇게 시간만 가고 있으니 미칠 듯이 답답했다. 열흘이 지나고 보름이 지나도 출발하지 않길래 중개인을 찾아가서 내일 당장 보내달라고 했다. 더 이상 못 있겠다고, 무조건 내일 보내달라고. 중개인은 나처럼 밀입국하는 사람들을 더 엮어서 보내려고 기다리고 있었다. 그런데 나 혼자라도 보내달라고 강경하게 말하니까, 중개인은 내일 출발하겠다고 약속했다.

그날 밤, 마음의 준비를 하고 잠을 자는데 꿈을 꿨다. 어린 시절 살았던 곳이었다. 우리가 살았던 외딴집 아래로 금강이 흐르고 있었는데, 그 강물의 물줄기를 거슬러 가는 나룻배에 내가 타고 있었다. 뱃사공이 노를 저어 가는데, 갑자기 배가 더 이상 나아가지 못하고 멈추는 것이 아닌가. 모래가 쌓여서 뱃길이 막힌 것이었다. 근데 그 앞에 아버지가 서 계셨다. 얼굴은 보이지 않았지만 아버지 형체가 분명했다. '어, 가야 하는데 어떡하지?' 하다가 잠을 깼다. 평소 꿈이 적중하는 편이라 내일 무슨 일이 있겠구나 싶었다. 탈이 나겠구나 하는 예감이 들었지만, 더 이상 이곳에 있고 싶지는 않았다.

밀입국자로 체포되다

이튿날, 미국을 향해 출발하는 날이 밝았다. 중개인의 차를 타고 한참을 달렸다. 달리는 동안 나도 모르게 두 손을 꼭 맞잡고 있었다. 차창 밖으로 보이는 이국적인 풍경은 내게 아무런 느낌을 주지 않았다. 내 미래가 한 치 앞도 보이지 않는데 바깥세상이 눈에 들어올 리가 없었다. 한참을 달리던 차가 멈춘 곳은 한적한 외곽에 있는 쇼핑몰의 주차장이었다. 먼저 주차해 놓고 있던 다른 차량에서 사람들이 내리더니 우리 차량으로 옮겨 탔다. 동양인 가족으로 보이는 젊은 남자와 여자 그리고 대여섯 살 정도 돼 보이는 남자애였다. 말하는 걸 들어보니 중국 사람들이었다. 혼자 잔뜩 긴장하고 있다가 같이 갈 다른 사람들을 보니 조금은 안심이 되었다.

그렇게 사람들을 태우고 난 후, 차는 또다시 한정 없이 달렸다. 서너 시간을 달렸을까. 중개인은 이번에도 한적한 곳에 있는 주차장에 차를 세웠다. 중개인은 그곳에 미리 대기하고 있는 검은색 밴에 우리를 옮겨 태웠다. 다른 사람에게 바통을 넘긴 것이었다. 중개인에게 고맙다는 말도 제대로 전하지 못한 채 서둘러 다른 차량에 탑승했다. 점점 미국에 불법 입국할 시간이 다가오고 있어 가슴이 조여 왔다. 우리를 실은 검은색 차량은 또 한참을 달렸다. 간단히 요기를 하라고 빵을 줬지만 전혀 먹히지가 않았다.

차가 멈췄다. 바깥은 어둑했다. 차량에서 내리니 개썰매가 대기하고 있었다. 개썰매 앞에는 덩치가 하마만 한 남자가 타고 있었다. 치렁치렁 긴 머리에 검은 피부가 번질번질했다. 히스패닉계의 남자였는데 꽤 무서운 인상이었다. 한눈에도 불법을 저지르는 건달처럼 생겼다. 중국 남자가 먼저 타고 그 뒤로 어린애와 여자가 탄 뒤 내가 맨 뒤에 탔다.

하얀 눈길 위를 개썰매가 달리자 저절로 서로 껴안게 되었다. 쌓였던 눈이 눈보라가 되어 얼어붙은 얼굴을 매섭게 때렸다. 강가 같은 데를 달리는 듯했다. 간이 콩알만 하게 오그라드는 것 같았다. 무섭게 생긴 저 남자가 우리를 죽이고 돈을 빼앗은 다음에 아무 데나 던져놓고 가도 모르겠구나 싶었다. 나름 강심장이라고 생각했는데 덜덜 떨렸다. 불법에는 이런 위험이 있다는 것을 미처 생각지 못한 것이었다. 아차 싶었지만 이미 엎질러진 물이었다. 근데 그 중국인 가족들은 태연해 보였다. 일본을 거쳐서 왔다고 하더니, 앞서도 이런 일을 겪었던 것인지 겁먹은 기색이 별로 보이지 않았다.

한번 떠올려보라. 밤인데도 사방천지를 온통 뒤덮은 눈 때문에 하얗게 빛나는 설원을 눈발을 휘날리며 힘차게 달려가는 개썰매를 탄 사람들을. 영화나 드라마에서나 나올 법한 장면이다. 만약 그때 내가 밀입국하는 처지가 아니라 여행하는 사람이었다면 그

낭만적인 설원의 풍경을 맘껏 만끽했을 것이다. 하지만 그때 나는 앞이 보이지 않는 미래에 대한 두려움으로 그 개썰매를 타고 있었다. 그래서 낭만적이긴커녕 지옥행 열차를 타고 달리는 기분이었다. 같은 상황일지라도 이처럼 사람의 마음에 따라 환상적인 여행길이 되기도 하고 끔찍한 지옥행이 되기도 한다.

　한참을 달리던 개썰매가 멈췄다. 강가를 달린다고 생각했는데 알고 보니 꽁꽁 언 강을 건넌 것이었다. 캐나다를 떠나 미국 땅에 들어선 것이었다. 봉고차가 대기하고 있었다. 캄캄한데도 불을 켜지 않고 있었다. 누군가 차문을 열어 주기에 차에 올라타서 의자에 앉는데, 뭔가 물컹한 것이 닿았다. 순간 악! 하고 소리를 지르고 말았다. 내내 하얀 눈밭을 달리고 온지라 아무것도 보이지 않는 상황이었다. 게다가 개썰매가 달리는 내내 무서운 생각만 하고 있다가 당한 일이라 더욱 놀랐다. 근데 그 누구도 이렇다저렇다 아무런 말을 하지 않았다. 조용하게 움직여야 하는 상황이었던 것이다. 마음을 진정시켰다. 어둠이 눈에 익자 내가 깔고 앉은 것이 무엇인지를 알게 되었다. 그것은 개였는데, 송아지만 하게 컸다. 훈련을 잘 받아서인지는 몰라도 그런 일을 당하고도 아무런 소리도 내지 않았다. 용해 보였다. 그제야 봉고차를 운전하는 사람이 눈에 들어왔다. 앳되어 보이는 미국 백인 남자애였다. 옆자리에는 여자 친구로 보이는 여자애가 앉아 있었다. 어린 청소년들에게 이런 일을 시키는 이유는 들키더라도 성인들보다 처벌 수위가 약하기 때문이라는 사실은 나중에 알게 되었다.

　봉고차는 불을 끄고 달렸다. 그때는 몰랐는데, 차는 체리 과수

원 사이에 난 밭길을 달리고 있었다. 갑자기 차가 멈췄다. 그리고 차가 서자마자 사방에서 불빛이 들어왔다. 눈을 뜰 수가 없었다. 직감적으로 '걸렸구나.' 했다. 그런데 '어떡하지?' 하고 걱정이 되는 것이 아니라 '살았다!' 하고 안심이 되었다. 개썰매를 타고 오면서 '이러다가 죽는 것이 아닐까?'라는 생각이 들면서 차라리 이민국에 걸리기를 바랐다.

봉고차에서 내렸다. 대여섯 명의 국경순찰대원들이 빙 둘러서서는 우리에게 불빛을 비추고 있었다. 겁과 추위에 질린 우리는 순찰차로 옮겨 탔다. 다른 사람들은 겁에 질려 있었다. 그런데 나는 미국에 가고 못 가고를 떠나서 살았다는 생각에 마음이 가벼웠다. 초소에 도착한 우리들은 그곳에서 몸수색을 당했다. 옷 주머니 속도 뒤지고 우리가 들고 온 가방도 수색했다. 그러고는 다시 순찰차를 타고 이동했다. 운전을 했던 남자애랑 여자애는 그 차량에 타지 않았다. 중국인 가족과 나만 타고 이동했다. 우리나라 같으면 파출소에서 경찰서로 넘기듯이 더 큰 곳으로 옮기는 듯했다.

새롭게 도착한 곳에서는 책임자가 있는 사무실로 들어가서 한 명씩 조사를 받았다. 먼저 중국인 일행이 한 명씩 조사를 받고 나왔다. 나온 이들을 다시 벽에 세워놓고 몸수색을 했다. 이전보다 더 철저하게 몸수색을 했다. 남자아이도 마찬가지였다. 그런데 그들이 한 가족이라고 생각했는데, 아니었다. 젊은 남자와 여자는 부부가 아니라 다른 일행이었다. 남자아이는 여자와 한 일행이었다.

죽어도 못 가요

　내 차례였다. 책임자가 있는 사무실 문을 열고 들어가는데, 벽에 행복하게 활짝 웃고 있는 가족사진이 걸려 있는 게 아닌가. 딸 둘과 부부가 찍은 사진이었다. 그 아래에는 찬송가가 놓여 있었다. 그걸 보는 순간, 눈물이 왈칵 쏟아졌다.

　내가 떠나올 때 챙겨온 사진은 딱 한 장이었다. 아이들 사진이었다. 찬송가는 어머니가 늘 보시는 것이라 익숙한 것이었다. 한국에 두고 온 아이들과 어머니 생각 그리고 여기까지 오는 동안 마음 졸였던 것 등이 한꺼번에 떠오르며 순간 울음이 터져 나왔다. 사무실에 들어서자마자 엉엉 울었다. 대전에서 기차를 타고 서울로 올라갔던 그때처럼 눈물이 그치질 않았다.

　책임자는 내가 들어오는 오른편쪽에 있던 책상 앞에 앉아 이 모든 것을 보고 있었다. 조사를 받으러 문을 열고 들어온 동양 여자가 벽에 걸린 자기 가족사진을 보고는 울음을 터트리는 모습을 가만히 지켜보았다. 책임자는 앞서 조사를 마친 내 가방에서 아이들 사진도 봤을 것이었다. 그 사람은 내가 실컷 울 수 있도록

큰딸 희령, 아들 민용, 작은딸 선아(왼쪽
아래에서 시계방향으로). 미국에 갈 때
유일하게 가져간 가족 사진이다.

기다려 주었다.

시간이 흘러 내가 진정하는 듯하자, 책임자는 내게 수화기를
건넸다. 전화를 받아드는데 수화기 너머로 "대전에서 오신 분이네
요." 하는 한국말이 들려오는 것이 아닌가. 그 순간 또 눈물이 왈
칵 쏟아졌다.

"어떻게 혼자서 이 길을 오다가 체포되신 건가요?"

여자 통역사가 묻는 말에 답도 하지 않은 채 소리 내서 울기만
했다. 그 여자분도 묵묵히 나를 기다려 주었다. 울음을 그치고 내
가 그 사람에게 던진 첫 마디는 이랬다.

"도와주세요!"

살아오는 동안 한 번도 남에게 해 본 적이 없는 소리였다. 이제
껏 모든 일을 내 힘으로 해결해 왔고, 남에게 도움받는 것을 좋아
하지도 않는다. 근데 물에 빠진 사람이 지푸라기 잡는 심정으로
나도 모르게 도와달라는 말이 나온 것이다.

한국에서 조그만 사업을 하다가 IMF 사태가 터져서 모든 것을 다 잃었다. 그래서 죽으려고 하다가 이 길을 선택했다. 그동안 열심히 살아온 죄밖에 없다. 여기까지 오게 된 내력을 통역사에게 말하고는 다시 한 번 도와달라고 말했다.

"근데…… 이렇게 체포되면 이민법에 의해서 무조건 추방입니다. 추방될 수밖에 없으세요."

그 말을 듣는 순간 절박하게 외쳤다.

"저는 못 갑니다! 죽어도 못 갑니다!"

추방이라는 소리에 정신이 번쩍 들었다. 언제 울었냐는 듯 격앙된 목소리로 말했다.

"우리 애들하고 약속했기 때문에 전 되돌아갈 수 없습니다. 제가 죽지 않고 이 길을 선택한 것은 우리 애들하고 약속했기 때문입니다. 애들하고 이다음에 좋은 일로 다시 만나자고 약속했기 때문에 저는 죽어도 못 갑니다. 추방한다면 이 자리에서 죽겠습니다."

통역사에게 말한 그대로가 그때의 내 심정이었다. 내게는 돌아갈 길이 없었다. 다시 한 번 간절하게 말했다.

"도와주세요."

책임자는 이 모든 것을 지켜보고 있었다. 통역사가 책임자를 바꿔달라고 했다. 수화기를 받은 책임자는 한참 듣더니 뭐라고 말을 하고는 내게 다시 수화기를 건네주었다. 통역사가 수화기 너머에서 말했다.

"그러면 가실 목적지가 있으세요?"

그 말을 듣는 순간, 뭔가 상황이 달라졌구나 하는 느낌을 받았다.

"목적지는 없습니다. 그냥 뉴욕까지만, 거기 한인 타운까지만 가면 됩니다."

한인 타운이 어디 있는지도 모르면서 그곳에만 가면 된다고 답했다.

"이런 상황에서 보내주는 경우도 없지만, 혹 보내드리고 싶어도 구체적인 목적지가 없으면 보내줄 수가 없습니다. 미국법이 그렇습니다."

"저는 갈 데가 없습니다. 아는 사람이 없어요. 그냥 한인 타운까지 보내주시면 알아서 할 수 있습니다."

억지였다. 내 무데뽀 정신이 또 발동한 것이다.

통역사가 다시 책임자를 바꿔달라고 해서 수화기를 건네주었다. 책임자는 통역사와 이야기를 나누고는 수화기를 내게 건넸다.

"이분이 아주머니를 도와주겠다고 하시네요. 실은 함께 잡힌 중국 사람들도 추방해야 하는데, 그 사람들은 뉴욕에 가족이 살고 있어서 목적지가 분명하대요. 아주머니 목적지에 그 사람들 주소를 넣어서 서류상으로 갈 수 있게 해주겠다고 하시네요."

한 줄기 빛이 비치는 듯했다.

"정말 감사합니다. 진짜 감사합니다, 감사합니다."

이건 기적이라고 할 수밖에 없었다. 미국법상 여지없이 추방해야 할 밀입국자를 뉴욕으로 보내주겠다고 한 것이다.

어떻게 해서 이런 기적이 일어난 것일까. 책임자는 내가 벽에 걸린 가족사진을 보자마자 엉엉 우는 모습을 봤다. 그 사람은 이 보다 앞서 내 소지품에서 우리 아이들 사진을 봤기 때문에 내가 왜 우는지도 알았다. 그리고 추방할 수밖에 없다고 하자, 내가 그 자리에서 죽겠다고 하는 결사적인 모습도 봤다. 아마도 막다른 골 목에 다다른 사람의 필사적인 몸부림 같았을 것이다. 그리고 당 시 우리나라가 IMF 사태로 큰 어려움에 빠진 것을 전 세계 사람 들이 알고 있었다. 이런 나라의 사정과 함께 내 몸부림이 통했던 것이 아닐까 싶다. 책임자와 나는 직접적으로 한마디도 나눈 것 이 없었다. 다만 내가 그분 앞에서 모노드라마를 펼쳐 보였을 뿐 이었다. 책임자는 내가 무슨 말을 하는지는 몰랐지만, 내 눈물과 몸짓에 깃든 진정성에 마음을 바꾸게 된 것이라 믿는다.

더블유씨 그리고 오줌 누는 소년상

눈물을 닦으며 책임자의 사무실에서 나왔다. 나와 중국인 일행을 붙잡아 온 순찰대원들은 자기들 책상 앞에 앉아 있었다. 그런데 순찰대원들은 앞서 조사를 받고 나온 중국 사람들은 벽에 세워두고 철저하게 몸수색을 했지만 내 몸수색은 하지 않았다.

추방될 위기에서 벗어나 조금은 여유를 되찾은 내 눈에 중국인 남자애가 들어왔다. 중국 사람들은 철창이 있는 임시 보호실 앞에 앉아 있었다. 남자애는 엄마 앞에 앉아 있었는데, 몸을 배배 꼬는 것이 오줌이 급한 모양새였다. 엄마는 무슨 생각을 하는지 아이가 그러고 있는 줄도 모르고 있었다. 그 모습을 본 내가 순찰대원들을 향해 한마디 했다.

"더블유씨!"

테이블 앞에 앉아 있던 순찰대원 여섯 명의 눈동자가 다 나한테 몰려왔다.

"왓?"

그 사람들은 내가 하는 말을 알아듣지 못했다. 영어는 도통 알지도 못한 내가 그때 떠올린 것이 'W.C'였다. 우리나라 화장실 앞에 흔히 써 있는 것이 'W.C'였으니 말이다. 미국에서는 화장실을 '레스트룸(restroom)'이라고 한다는 것을 나중에야 알게 되었다. "더블유씨!"라고 몇 번 더 말해도 그 사람들은 못 알아먹고 "왓?"이라고 했다. 남자애는 곧 오줌을 쌀 것처럼 울상이었다.

그 급한 순간에 내 머릿속에 '오줌 누는 소년상'이 떠올랐다. 그래서 남자애 바지춤 근처에서 집게손가락만 치켜세우고 오른손을 위로 움직였다. 여섯 명 순찰대원들의 파란 눈동자 열두 개가 내 오른손 움직임을 따라 이동했다. 어느 지점에서 손동작을 멈추고는 치켜세우고 있던 집게손가락을 살짝 구부렸다. 그러고는 아래쪽을 향해 포물선을 그리며 내려왔다. 그제야 내가 보여준 동작의 의미를 이해하고는 다들 배를 잡고 웃었다. 웃느라고 화장실이 어디 있는지 바로 알려주지 않았다. 나중에야 화장실을 손가락으로 가리켜 주었는데, 임시 보호실 안에 있었다. 남자애 엄마를 툭 쳐서 화장실 위치를 알려주었다.

순찰대원들이 '더블유씨'를 알아듣지 못하자, 어디선가 본 오줌 누는 소년상이 생각나서 그것을 손짓으로 표현했는데, 다행스럽게도 그 사람들에게 통했다. 그런데 손동작을 할 때, 나는 남자애의 몸을 건드리지 않으려고 이만치 떨어진 곳에서 했다. 그 와중에도 미국에서는 아이들의 몸을 잘못 만지면 성추행범으로 몰린다는 얘기를 들었던 기억이 난 것이다.

순찰대원들이 중국 사람들을 철창이 있는 임시 보호실 안으로 들어가게 했다. 하지만 나에겐 통역사와 다시 전화를 연결해 주었다. 통역사가 말했다.

"이분들이 편하게 주무실 수 있도록, 원한다면 호텔을 안내해 줄 수 있다고 하시네요."

"아니에요. 나는 여기가 좋아요."

그 사람들의 호의는 고마웠지만 낯선 곳인 데다 같이 온 중국 사람들과 함께 있는 것이 편해서 거절했다. 순찰대원들이 철창 안으로 들어가지 않아도 된다고 알려주었다. 지금 앉아 있는 곳에서 쉬어도 된다고 말이다. 그 사람들과 말은 통하지 않았지만, 손짓만으로도 충분히 알아먹을 수 있었다. 순찰대원들은 영어를 못하는 내가 몸짓으로 자기 의사를 표현하는 모습을 재미있어 했다. 조금 전까지만 해도 심각한 얼굴로 엉엉 울던 사람이 언제 울었냐는 듯이 이런저런 모습을 보이는 게 재미있었던 모양인지, 내 표정 하나하나에 그렇게들 웃었다.

미국으로 가겠다고 했지만 나는 영어 한마디도 할 줄 모르는 사람이었다. 영어를 한마디도 못 하는데 미국에서 어떻게 사나 그런 걱정은 하지 않았다. 하지만 막상 말이 통하지 않으니까 답답하기도 하고 두려움도 없지 않아 있었다. 그런데 가장 위급한 순간에 내 눈물과 외침이 통하고 순찰대원들이 내 손짓을 알아먹고 웃음을 터트리는 모습을 보면서 말이 통하지 않는 것에 대한 두려움을 완전히 털어버릴 수 있었다. 말이 통하지 않아도 진심은 통하는구나 하는 생각이 드는 한편, 몸짓이 만국공통어라는 것을 확인하게 된 것이다.

전하지 못한 고마움

　　　　　　　　　　　　　　중국 사람들은 철창이 있는 임
시 보호실로 들어갔다. 순찰대원들이 내게 자기들이 있는 곳에 있
어도 된다고 해서 앉아 있었다. 그런데 나와 같은 밀입국자인지는
모르겠지만 히스패닉계 남자들이 계속 잡혀 와서는 조사를 받았
다. 그래서 중국 사람들이 있는 임시 보호실이 편할 것 같아서 그
곳으로 들어가겠다고 했다. 유치장에 들어가 본 적은 없지만, 이
렇게 생기지 않았을까 싶었다. 중국 사람들과 나는 의자에 앉아
서 그곳에서 밤을 보냈다. 중국 사람들은 나 때문에 자신들이 추
방되지 않았다는 것을 이미 알고 있었다. 고마워하는 표정들이었
다. 남자애는 엄마에게 기대어 잠자고 있었다. 시간이 흐르자 중
국 사람들도 벽에 등을 기대고 졸기 시작했다. 몸은 더없이 피곤
했지만 잠이 오지 않았다. 거기에 앉아서 보니 국경을 넘다가 걸
린 사람들이 계속해서 들어왔다. 그 사람들도 나처럼 나름의 사
연을 가지고서 국경을 넘었을 것이다. 하지만 곧 추방되고 말 것
이다. 조금 전까지 나도 그들과 같은 운명이었다. 하지만 나는 내
일 뉴욕으로 갈 것이다. 그 사람들에 대한 안타까움과 함께 한편

으로 나는 추방되지 않았다는 안도감이 들었다.

그날은 아마도 내가 살아온 나날 중 가장 극적인 하루였을 것이다. 전날 밤에 아버지가 나오는 꿈을 꾸고서 탈이 생길 거라고 직감했지만, 그대로 밀입국을 감행했다. 그리고 개썰매를 타고 달리면서 이러다가 죽는 거 아닌가 하는 공포에 떨었다. 그러다가 순찰대원들에게 잡히자, 다행이다 싶었고 벽에 걸린 가족사진을 보고는 대성통곡했다. 그리고 추방한다는 말에 처절하게 외쳤다. 갈 수 없다고, 추방한다면 이 자리에서 죽겠다고. 다행히 내 진심이 통하여, 내일 뉴욕행을 앞두게 되었다. 뉴욕은 죽겠다는 생각에 빠져 있던 내게 내려온, 구원의 동아줄 같은 것이었다. 여지없이 추방당할 처지였는데, 내 처절한 외침을 들은 세상이 나를 구제해 주었다. 나를 살리기 위해 세상이 날 돕고 있는 것처럼 느껴졌다. 모든 것을 잃고 캄캄하기만 했던 내 세상이 조금씩 밝아지고 있었다.

다음 날 책임자가 내게 서류를 건네주면서 이 서류를 보여주면 다 통과할 수 있을 거라고 말했다. 그리고 혹 생활하다가 무슨 일이 있으면 전화하라고 따로 전화번호까지 적어서 줬다. 중국인들과 함께 나는 순찰차에 올라탔다. 뉴욕으로 가는 버스가 있는 곳까지 데려다줄 거라고 했다. 책임자는 사무실에서 나와서 손을 흔들며 나를 배웅했다. 마침 교대하러 온 다른 책임자가 무슨 일인지 책임자에게 묻는 듯했고 이에 책임자가 설명해 주는 모습이었다. 그러자 이 사람도 나를 향해서 손을 흔들어 주었다. 따뜻한 위로와 응원을 받은 기분이었다.

국경순찰대 책임자와 한국인 여자 통역사는 내 인생에서 가장 고마운 사람들이다. 그런데 당시 나는 경황이 없어서 통역사의 이름을 물어보지도 못했고, 책임자에게 제대로 감사하다는 인사도 하지 못했다. 신기한 점은 지금도 그 책임자의 얼굴이 생각난다는 것이다. 사실 나는 우리 식당에 자주 오는 단골손님 얼굴도 잊어버리는 사람이다. 그 책임자는 내가 처음으로 내 머릿속에 새긴 미국 사람의 얼굴이다. 얼굴이 구체적으로 떠오른다기보다는 얼굴선이 기억나는데, 잘생기고 인자한 생김새였다. 지금 늙은 모습을 본다고 할지라도 알아볼 수 있을 듯하다. 내 인생의 숙제가 있다면 이 두 분을 만나서 크게 보답을 하지는 못하더라도 고맙다고 인사를 드리는 일이다. 평생 잊을 수 없는 두 분이다. 늘 감사한 마음으로 살아가고 있다.

　순찰차를 타고 정류소에 와서 고속버스 표를 끊고 차에 올라탔다. 이 경험을 통해 나는 미국이란 나라는 법에 대해서 철저하지만, 한편으로 인권에 대해서는 관대한 면도 있는 나라구나 하고 느꼈다. 문득 우리나라 경찰들도 동남아 이민자들이 밀입국했을 때 이처럼 인간적인 대우를 해줄 수 있을까 하는 생각이 들었다. 버스를 타고 가는데 경유지마다 조사를 했고, 그럴 때마다 서류를 보여주자 다 통과시켜 주었다. 눈이 엄청 많이 와서 차창 밖 풍경이 장관이었다. 그런데 미래에 대한 불안 때문에 그 멋진 풍경을 감상할 여력이 없었다.

마침내 뉴욕에 도착하다

고속버스를 타고 8시간 정도 달려서 뉴욕에 도착했다. 내리고 보니 캄캄했다. 중국 사람들은 가족들이 나와서 기다리고 있었다. 그들은 자신들이 꼼짝없이 추방될 것이라고 생각했다가 나로 인해 추방되지 않고 뉴욕에 오게 된 것에 대해 거듭 고맙다고 말했다. 게다가 그 사람들은 수중에 돈이 없어서 나한테 차비를 빌렸는데, 중국 여자의 오빠라는 사람이 돈을 갚으면서 감사하다고 했다. 그 사람은 내가 갈 데가 없다는 걸 알고는 한인식당 여러 곳으로 나를 데리고 갔다. 영어로 말하는 것이라 정확한 것은 아니지만, 식당 사람들한테 내 사정을 이야기하며 일할 수 있냐고 물어보는 듯했다. 다들 "노!"였다. 그 사람에게 내가 알아서 할 테니 그만두라고 했다. 여전히 걱정하는 기색이기에 괜찮다고 하고는 돌려보냈다.

어두운 밤거리에 홀로 가방 하나를 들고서 주변을 둘러보았다. 내가 도착한 곳은 뉴욕이었지만 중심지인 맨해튼이 아닌 여러 나라 사람들이 모여 사는 홀러싱(Flushing)이라는 지역이었다. 말도 사람도 낯선 곳이었지만 목적지인 뉴욕에 온 것으로 일단 한시름이 놓였다. 저만치에 한글로 '분식 찐빵 만두'라 쓰인 가게가 보였다. 일단 들어가서 찐빵과 만두를 시켰다. 그동안 얼마나 마음을 졸였는지 입에서 쓴 내가 났다. 도통 입에 들어가지 않았다. 늦은 시간이라 손님은 없고 주인 아저씨와 일하는 사람만 있었다.

주인에게 내가 한국에서 왔는데 잠잘 수 있는 여관 같은 데가 없느냐고 물어봤다. 그랬더니 일이 다 끝나 가니까 집에 가는 길에 알려주겠다고 했다. 그리고 여기는 여관이나 모텔 같은 게 없다, 일반 가정에서 주재원이나 유학생들이 방 구할 때까지 잠시 동안 머무른다, 그런데 좀 비싸다는 사실을 말해 주었다. 주인은 그 늦은 밤에 고맙게도 내가 묵을 곳까지 바래다주었다. 그곳에서 하룻밤을 묵었는데, 역시나 말한 대로 비쌌다.

다음 날 자고 나서 밖에 나와 보니 우리나라 편의점 같은 가게인 그로서리(grocery)가 많았다. 그곳에서 교차로 같은 신문이 있어 사서 보니, 룸메이트를 구하는 광고가 많이 있었다.

거처할 방을 구하러 다녔다. 그러면서 느낀 점은, 그동안 미국 사람들은 다 잘사는 줄 알았는데 그게 아니라는 것이었다. 여러 나라 사람들이 사는 이민자들의 아파트를 보니 우리나라 아파트가 얼마나 크고 좋은지를 알게 되었다. 집세가 비싸서 그런지 사람들은 거실이나 큰방을 다시 반으로 나누어서는 각각 룸메이트를 구했다. 맨해튼 고급아파트는 재벌 집 자식이나 배우들이 사는 데였고, 이민자들은 작은 아파트에서 여러 명이 부대끼며 살고 있었다. 이렇게 사는 걸 보니까 우리나라 사람들이 아파트를 너무 넓게 쓰는 게 아닌가 싶었다.

나는 여자들만 살고 있는 곳을 찾아다녔는데, 별별 사람들이 다 있었다. 어떤 아줌마는 약을 복용했는지 눈에 초점이 없고 헛소리를 해댔다. 다행히 할머니와 그 할머니의 딸 그리고 손녀딸이 사는 아파트에서 큰방을 얻게 되었다. 할머니의 사위는 한국에 있다고 했다. 그 지역은 퀸즈라는 곳이었는데, 한인 타운도 있었고 차이나 타운도 있었다.

식당에 취업하다

거처를 구하고 나서 교차로 신문을 보며 일할 곳을 알아봤다. 아무래도 식당을 운영한지라 식당일이 익숙할 수밖에 없었다. 처음으로 취직했던 가게는 맨해튼 70번가에 있었는데, 사장은 태국 사람이었고 종업원은 한국 사람이었다. 한식을 비롯해서 여러 가지 음식을 종합적으로 하는 곳이었다.

홀에는 유학생들이 웨이트리스로 일하고 있었고, 나는 찬모 보조로 주방에서 설거지를 하고 채소를 다듬는 일 등을 했다. 아침 9시부터 일하기 시작해서 퇴근할 때까지 밥 먹는 시간 말고는 앉아서 쉴 짬이 없었다. 그동안 심적, 육체적으로 고생한 데다가 곧장 쉴 새 없이 일하다 보니 온몸이 아팠다. 너무 힘들었지만 꾹 참고 한 달을 버텼다. 퇴근해서 집에 가면 11시였다. 내 딴에는 미국 식당 내부를 볼 수 있는 좋은 계기라고 생각하며 자신을 다독이며 일했지만, 힘든 것은 어쩔 수가 없었다. 함께 주방에서 일한 찬모 아주머니는 미국에 온 지 오래된 분으로 나이도 꽤 드셨다. 하루는 내가 힘들어하는 걸 보고는 한 말씀 하셨다.

"자기는 젊으니까 네일샵으로 가봐. 한국 여자들은 식당에 안 다녀. 젊으면 다 그쪽에서 일해."

"네일샵이 뭐예요?"

"손톱에 매니큐어 칠하는 거. 한국 여자들은 식당 일 안 해. 다 이거 배워서 하지."

"어떻게 배울 수 있어요?"

"학원에 가면 다 알아서 해줘."

찬모 아주머니의 말을 듣고 네일샵 학원을 알아봤다. 내가 사는 지역에는 뉴욕 주에서 인가를 받은 학원이 딱 한 군데 있었다. 학원에 가서 보니 한국 여자, 일본 여자, 남미 여자 등 각국의 여자들이 배우고 있었다. 식당 일을 그만두고 바로 학원에 등록해서 다니기 시작했다.

학원에 다닐 때 함께 공부하던 동생이 "언니는 학원 졸업하고 가게에 가면 인기가 많겠어요." 했다. 내가 유머가 많다는 것이었다. 학원에서 가끔 충청도 사투리가 툭툭 튀어나왔는데, 그럴 때면 사람들이 자지러지게 웃었다. 그러는 것을 보고 분위기가 무겁다 싶으면 일부러 충청도 사투리를 써서 분위기를 바꾸기도 했다.

뉴욕에서 귀머거리로, 봉사로 살다

뉴욕에서 나는 귀머거리이자 봉사였다. 하루하루가 엄청나게 큰 바위를 뚫고 살아가는 듯했다. 영어를 들어도 무슨 말인지 알아들을 수 없었고, 낯선 곳이다 보니 눈을 뜨고도 알 수가 없었다. 48년 동안 들어오던 말도, 살아오던 곳도 아니다 보니 모든 게 뒤죽박죽이었다. 머릿속에 제대로 입력되는 게 없었다. 그런 와중에 2, 3주간 학원 공부를 끝내고 네일 아티스트 자격증 시험을 보러 가게 되었다.

시험은 뉴욕 주가 주관하는 시험으로 맨해튼 시내에서 치렀다. 한국 사람은 한국 사람끼리, 중국 사람은 중국 사람끼리, 베트남 사람은 베트남 사람끼리 국가별로 모여서 시험을 봤다. 시험지를 받았는데 내가 아는 글자는 하나도 없었다. 다 영어였다. 국민학교 4학년 중퇴가 학력의 전부인 내가 영어를 언제 접해 봤겠는가. 까만 게 글씨라는 것을 알 뿐, 무슨 말인지 하나도 알 수가 없었다. 바위에 내 머리를 박는 기분이었다. 아니지, 정신 차리자! 마음을 가다듬고는 느낌 닿는 대로 찍기 시작했다.

다행히 시험은 주관식이 아니라 객관식이었다. 정해진 시간 안에 체크해야 해서 볼펜 닿는 대로 찍기 시작했다. 이거는 문장이 기니까 답이겠구나. 계속 긴 것이 답은 아닐 테니까, 이거는 짧은 것이 답이겠구나. 이렇게 체크해 갔다. 근데 정말 신기하게도 그 시험에 통과했다. 아이러니하게도 영어에 까막눈인 나는 붙은 반면, 영어를 좀 안다는 여자들은 오히려 떨어졌다. 이론 시험에 합격했다는 얘기를 듣는 순간, '아, 우리 아버지가 도와주셨구나.' 하는 생각이 들었다.

다음에는 실기 시험을 보러 가게 되었다. 그런데 실기 시험을 보려면 모델 한 명을 데리고 가야 했다. 사람을 구하지 못해서 내가 걱정을 하고 있으니까 학원에서 알게 된 동생이 자기가 모델이 되어 주겠다고 했다. 그 동생은 이미 네일샵에 취업이 되어서 일을 하고 있었다. 모델료로 50불을 줬는데, 이렇게 대가를 지불하는 것은 미국에서 당연한 것이었다.

실기 시험은 이론 시험 보는 곳과는 다른 지역에서 치러졌다. 시험장에 들어서니 감독관이 많았는데, 모두 흑인이었다. 응시생 다섯 명당 감독관 두 명이 붙어서 꼼꼼하게 감독했다. 실기 시험으로 나온 것은 손톱을 붙여서 길게 하는 것이었다. 학원에서는 주로 이론만 배우고 실기는 별로 배우지 못했는데, 이것은 아예 배우지 못한 것이었다. 고도의 기술이 필요한 작업이었다. 시간 내로 해야 하는 것이니 일단 열심히 손톱을 갈았다. 모델로 온 동생이 중간중간 이렇게 저렇게 하라고 일러주었다. 땀이 삐질삐질 나왔다. 흑인 감독관이 쳐다보는 게 느껴졌다. 응시생들은 대체로 나보다 나이가 어렸다. 열심히 하기는 했지만 내 눈에도 엉망진창

네일아트 시험에 합격한 후 뉴욕
주로부터 받은 라이선스

인 게 보였다. 떨어지겠네, 했다. 그랬는데 입구에서 합격 도장을
찍어주는 게 아닌가. 내가 봐도 엉망이었는데도 합격이 된 것은
나이 든 여자가 열심히 하는 모습이 안쓰러워서 봐준 게 아닐까
싶었다. 여하튼 이렇게 해서 네일 아티스트 자격증을 단번에 따게
되었다.

나의 아름다운 첫 손님

자격증을 따자 학원에서 맨해튼에 있는 네일샵을 소개해 주었다. 가게는 맨해튼 50번가에 있었는데, 이곳은 그 유명한 브로드웨이에 있었다. 그런 지역에 나 같은 초짜를 보낸 것이다. 가게 옆 극장에서는 〈미스 사이공〉을 공연하고 있었다. 한국 여자가 사장인 가게에는 직원이 7, 8명 있었고, 그만큼 손님들도 많았다. 뉴욕의 네일샵 시장은 한국 사람들이 거의 장악을 하고 있다고 들었다.

세상의 미인들은 다 그곳으로 오는 듯했다. 그리고 남자들도 많이 왔다. 백댄서, 예술인, 연예인 등 각계각층의 젊은이들이 많이 왔다. 흑인 여자들이 백인 여자들보다 훨씬 더 예쁘다는 것을 거기서 알게 되었다. 얼마나 예쁘던지 마치 영화배우 같았다. 실제로 영화배우들이 많이 온다고 들었지만 누가 영화배우인지는 알 길이 없었다.

아직 일이 서툰지라 나한테 일을 시키지 않으면 했는데, 아주 예쁘게 생긴 젊은 흑인 여자가 내 첫 손님으로 왔다. 다른 사람 손잡는 게 그렇게 무서운 일이 될 줄이야. 그 여자 손을 조심스레 잡고는 손톱을 깎는데, 손이 덜덜 떨려 왔다. 어떻게든 마무리는 했지만 예쁘게 색칠되지 않은 것이 뻔히 보였다. 내가 미안해서 어쩔 줄을 몰라 하니까 그 예쁜 흑인 여자가 "댓츠 오케이(That's ok)."라고 두세 번 말해 줬다. 영어를 하나씩 배울 때라서 괜찮다고 말하는 것인지는 알았다. 나도 내 짧은 영어로 "쏘 큐트(so cute)."라고 말해 주었다. 내가 잘하지도 못했는데, 그 여자가 내게 팁을 주었다. 그것도 두 번씩이나. 손톱을 다 말리고 가면서 또 내게 팁을 주었다. 아마 내가 초보라는 걸 알고는 힘내라는 의미로 준 것일 게다. 얼굴도 예쁜 사람이 마음도 예쁘구나 생각했다.

처음 네일아트를 배울 때 '손톱 깎는 것도 기술이라니, 참 별꼴을 다 보네.'라는 생각을 했다. 그런데 손톱 모양이 라운드, 스퀘어, 오벌, 포인트 등 다양했다. 고객이 원하는 모양으로 예쁘게 잘 잘라야 하지만, 그게 생각대로 잘 되지 않았다. 대개의 기술이 그러하듯이 수많은 경험과 시간이 쌓여야 능숙하게 해낼 수 있다. 네일아트도 경력이 5년은 돼야 고급 기술자라고 할 수 있었다. 초반에는 생각대로 잘 되지 않아서 힘들었다. 그때마다 마음속으로 송대관의 〈세월이 약이겠지요〉를 불렀다. 세월이 흐르면 나도 잘할 수 있겠지 하는 마음으로 말이다.

아, 이게 눈물 젖은 빵이구나

초짜인지라 긴장과 불안으로 며 칠을 보낸 어느 날이었다. 아침에 출근하니 직원들이 빵을 먹고 있었다. 그곳에서는 직원들이 각자 반찬을 싸오고, 밥은 가게에서 해놓은 것으로 점심을 해결하고 있었다. 아침마다 빵을 먹었는데, 거기 들어간 지 얼마 되지 않은 처지라 먼저 빵을 집기가 뭐해서 마지막까지 기다렸다. 테이블 위에 빵 두 개가 남아 있어서 그중 의 하나를 집어서 막 베어 물었을 때였다.

"내 빵을 먹으면 어떡해!"

여사장이 빽 소리를 질렀다. 처음에는 똑같은 빵 두 개에서 자 기 빵을 왜 찾나 했다. 영문을 알 수가 없었다. 신입이라 예의상 제일 늦게 먹을 생각에 집어 든 것뿐이었다. 알고 보니 여사장이 당뇨가 있어서 체질에 맞는 빵이 따로 있었던 것이었다. 너무 황 당한 일을 겪으면 사람이 멍해지고 감정도 멍청해지나 보다. 그때 는 갑작스레 당한 일이라 아무런 생각이 나지 않았다. 그래서 입 에 물고 있던 빵을 내뱉을 수가 없어서 먹는데, 점점 기가 막혔다.

내가 살면서 먹는 걸로 혼난 것은 그때가 처음이었다. 그렇게 배고픈 시절을 겪을 때도 먹는 일로 혼난 적은 없었다. 빵 하나가 얼마 한다고. 또 빵집이 얼마나 멀다고. 얼른 가서 사오면 될 일을 가지고 사람을 이렇게 취급할 수 있나. 가만히 생각해 보니 내가 미안할 일이 아니었다. 직원들도 내가 신입이니까 미리 알려 줬어야 했다. 다른 직원이 새로운 빵을 사와서는 사장에게 건넸다. 목이 꽉 메여 와서 도저히 먹을 수가 없었다. '아, 이게 눈물 젖은 빵이구나.' 싶었다.

미국에서 처음으로 겪은 쓰라린 경험이었다. 우리나라 속담에 '밥을 먹을 때는 개도 안 건드린다.'는 말이 있다. 그래서 한국에서는 못된 사람들도 사람이 밥 먹고 있을 때는 거의 건드리지 않는다. 여사장은 미국에서 오래 살아서 그런 건지 한국 사람들의 사고방식하고는 달랐다. 미국에서 오래 살면 사고방식이 이상해지나 싶었다. 그러고 보니 매사가 그런 식이었다. 오래 있을 데가 아니구나 하는 생각이 들었다. 주급은 받아야 하니, 일주일만 참고 일하자 했다. 일주일이 다 되어서 매니저에게 그만두겠다고 말했더니 미안해했다. 사장이 자기 고모인데, 고모 성격이 좀 그렇다면서 다독여 주었다.

네일샵에서 일주일 일하는 동안 여러 가지를 알게 되었다. 동료들의 경험담을 들어 보니, 네일샵 한 곳에서 일하는 것보다 여기저기 다니면서 배우는 게 좋겠다는 생각이 들었다. 미국은 예술인들이 많이 오는 맨해튼 같은 지역, 가난한 사람들이 사는 지역 등 지역마다 그 특성이 달랐다. 여기저기 다니면서 지역마다 다른 특성도 알고 기술도 더 배워야겠다고 생각했다.

발에 입맞춤하는 심정으로

가난한 흑인들이 사는 지역으로 자청해서 갔다. 팁을 많이 받을 수 없어서 다들 기피하는 곳이었다. 브롱스라는 곳이었는데, 이곳은 흑인들이 사는 지역은 가난하지만 백인들이 사는 지역은 부유했다. 가게 주인은 중국 여자였다. 변두리여서 그런지 직원이 남자였는데, 조선족이었다. 내가 처음 일했던 맨해튼 가게와는 천양지차였다. 가장 큰 차이는 손님들이었다. 맨해튼에서는 화려하고 부유한 사람들이 손님이었다면, 여기는 가난한 사람들이 손님이었다.

내가 맞이한 첫 번째 손님은 중년 여자였는데, 몸이 집채만 했다. 잘 움직이지도 못했다. 처음에는 가난한 사람들이 왜 네일샵까지 와서 치장을 하나 싶었다. 그런데 미국 사람들에게 손톱 손질은 예의였다. 우리나라에서는 상갓집에 갈 때 빨갛게 칠한 손톱을 지우고 가는 것이 예의이지만, 미국에서는 손톱 손질을 하고 가는 것이 예의였다. 그래서 자기 가족이 죽었을 때 장례식에 가기 위해서 울면서 손톱 손질을 하러 오기도 한다.

얼마나 오랜만에 가게에 왔는지 여자의 손톱은 때가 끼어서 시꺼멓고 길었다. 간신히 손톱 손질을 끝내고 발톱 손질을 하려고 보니, 웬걸, 짐승의 발톱같이 길고 시꺼멓게 썩어 있었다. 냄새가 훅 끼치는데 순간 욕지기가 올라왔다. 내가 어쩌다 이런 신세가 됐나 싶어 눈물이 왈칵 쏟아질 것 같았다. 얼른 화장실로 뛰어가서 엉엉 울었다. 그러고 있는데 문득 요한 바오로 2세 교황이 낮은 사람들 발에 입맞춤한 것이 떠올랐다. 내가 성당에 다니는 것도 아닌데 말이다. 그렇게 훌륭한 분도 자신을 낮추어서 낮은 사람들의 발에 입맞춤하는데, 내가 이러면 안 되지 하고는 눈물을 닦았다. 그 여자한테 갔더니, "쏘리 쏘리." 했다. 괜찮다고 하고선 마음을 다해서 발톱 손질을 했다. 사람이 뚱뚱하면 몸을 구부려서 발톱 깎기가 어렵다. 게다가 가난하니 가게에 자주 올 수 있는 처지도 아니었다. 더욱더 정성을 다해 해주었다. 끝난 후 그 여자가 팁을 내밀었지만 받지 않았다. 오줌 누는 소년상도 교황이 발에 입맞춤하는 장면도 내가 다급할 때 절로 떠오른 것들이었다. 내 안 깊숙이 깃든 선한 영혼이 혹은 신이 그렇게 인도하는 것이 아닐까 싶다.

그곳에서 일주일 일하고 '딴 데로 가보자.' 하고 옮겼다. 배워야 하는 입장에서는 여기저기 옮겨 다니는 것이 유리했다. 이곳에서처럼 경악스런 손가락을 만지게 된 덕분에 마음을 대범하게 할 수도 있고, 돈을 벌면서 미국이란 나라를 많이 알게 되고 구경도 할 수 있으니 일석이조라고 할 수 있다.

밥 때문에 겪은 설움

네일샵을 몇 군데 옮겨 다니다가 맨해튼으로 한 번 더 가게 되었다. 지난번에 일했던 곳은 50번가였지만 여기는 33번가로 쌍둥이빌딩이 더 가까운 곳이었다.

가게에는 주인 여자와 직원으로 일하는 여자 한 명이 있었다. 여자 직원은 주인 여자한테 착 달라붙어서는 샐샐거렸는데, 주책맞게 생긴 얼굴이었다. 이 여자 등쌀에 다른 사람들이 붙어 있지를 못 하겠구나 싶었다. 손님이 많을 때는 알바를 불러서 일을 시키는 곳이었는데, 내가 처음 간 날에도 베트남 여자 두 명이 와 있었다.

오전 일이 끝나고 점심시간이 되었다. 주인 여자하고 직원 여자가 먼저 먹고 나서는 베트남 여자 두 명을 불러서 먹게 했다. 그런데 나한테는 밥 먹으라는 소리를 하지 않는 게 아닌가. 먹으라는 소리도 하지 않는데 가서 밥을 먹을 수가 없었다. 밥 먹는 룸에서 주인 여자와 그 여자가 낄낄대는 소리가 들려왔다. 그 사람들은 내가 자신들과 같은 한국 사람인데도 초보라는 이유로 나를 무시했다. 점심시간이 끝나자, 덩치가 하마만 한 백인 남자가 아홉 살

쯤 되는 남자애를 데리고 왔다. 손톱, 발톱 손질뿐만 아니라 마사지까지 하겠다고 온 것이었다. 네일샵에서 하는 마사지는 전문적인 업소에서 하는 마사지처럼 몸 전체를 해주는 것이 아니라 어깨만 두드리는 정도로 해준다. 서비스 차원에서 해주는 것이다. 덩치가 큰 그 남자는 직원 여자의 단골손님이었다. 근데 그 여자는 나한테 그 남자를 떠넘기고는 자기는 남자가 데리고 온 아들을 해주는 게 아닌가.

마사지는 무작정 힘으로 하는 것이 아니라 요령이 있어야 할 수 있는 일이다. 아침에 빵 하나 먹고 점심도 못 먹은 채 어깨를 마사지하는데 몸통이 어찌나 두꺼운지 손에 잘 잡히지도 않았다. 게다가 요령도 없었던지라 내 힘을 다 쏟아서 하는데, 손이 너무 아팠다. 한 시간을 그렇게 용을 쓰고 나니까 온몸에 힘이 다 빠지고 어지럽기까지 했다. 눈물이 왈칵 쏟아졌다. 첫날부터 밥도 못 얻어먹고 그 꼴을 당하니까, 자기 설움에 눈물이 쏟아지는 것이다. 내가 그렇게 우니까 베트남 여자들 중의 한 아가씨가 내게 손수건을 건네주었다. 그러고는 그 여자들도 나를 따라서 우는 것이었다. 서툰 한국말로 "언니, 울지 마." 하면서 말이다. 지금도 베트남의 그 예쁘고 어린 아가씨들이 눈에 선하다. 그 아가씨들은 '같은 민족인데 왜 저럴까?' 하고 생각했을 것이다. 그 선한 마음을 가진 아가씨들이 부디 세상으로부터 상처받지 않고 잘 살아가고 있기를 바란다.

사람을 얼마나 하찮게 봤으면 그리 대할 수 있는 것인지. 모욕도 그런 모욕이 없었다. 지난번에 빵 때문에 혼났던 것보다 더 모욕적이었다. 그만 일하겠다고 하고는 오늘 일한 돈을 달라고 했다. 사실 내가 그만두겠다고 한 것이기도 해서 그날 일한 수당을 받지 않을 수도 있었다. 그런데 반드시 받아야겠다는 생각에 그날 일한 값을 달라고 했다. 내가 마사지를 했던 그 남자는 내게 직접 팁을 주지 않고 직원 여자에게 팁을 주고 갔다. 직원 여자가 그날 일한 수당과 팁을 주는데, 저런 돈이 있을까 싶을 정도로 너덜너덜한 5불짜리 지폐를 골라서 주는 것이었다. 그 자리에서 내던지고 싶은 것을 꾹 참았다. 그 너덜너덜한 5불짜리 돈도 그 사람들한테 주고 싶지가 않았기 때문이다.

가게를 나와서 지하철을 타러 가는데, 눈물을 참으려고 해도 계속 나왔다. 결국 지하철 타는 데까지 맨해튼 거리를 울면서 갔다. 지난번 빵 하나 가지고 소리를 질렀던 여사장도 그렇고, 이곳 가게 여자들도 그런 것을 보니 미국에서 오래 살면 사고방식이 이상해지는 건가 하는 생각이 다시 들었다. 근데 지금 돌이켜 생각해 보면 오히려 그 사람들이 그 모양이어서 다행이었다는 생각이 든다. 그동안 여기저기 네일샵을 옮겨 다니던 나는 이제 그만 정착해야겠다는 생각으로 오래 일할 가게를 물색하는 중이었다. 만약 그 사람들이 좋은 사람들이었다면 아마도 그 가게에서 계속 일했을 것이고, 그러다가 쌍둥이빌딩이 무너졌을 때 큰일을 겪을 수도 있었을 것이다. 당시 출근하다가 변을 당한 사람들도 많았는데, 그때 내가 다니던 출근길도 안전한 곳은 아니었으니 말이다.

세상의 모든 것이 아름답게
공존하는 센트럴파크

쉬는 날이면 카메라를 챙겨 들고 뉴욕 이곳저곳을 무작정 걸어 다녔다. 그때 콜롬비아 대학교 앞에 이르게 되었는데, 보는 것만으로도 감동이었다. 배우지 못한 한 때문이었을 것이다. 예전에 큰딸이 고등학생이고 막내딸이 중학생일 때 아이들을 데리고 이화여대를 간 적이 있었다. 아이들이 큰마음을 품고 공부하라는 뜻에서 견학시켜 준 것이었다. 그 후로도 콜롬비아 대학교에 자주 가게 되었는데, 학교 안에 들어가지는 않고 그 주변을 둘러보다가 아쉬운 발걸음을 돌리곤 했다. 이처럼 휴일이면 집을 나서서 뉴욕의 거리를 걸어 다녔는데, 언제부터인가 그 코스가 정해져 있었다. 브로드웨이를 거닐다가 콜롬비아 대학교에 가서 그 주변을 둘러보고 나서는 마지막으로 센트럴파크에 갔다.

도심 속 공원인 센트럴파크에는 세상에 존재하는 모든 것들이 있다. 그리고 그 모든 것들이 서로 평화롭고 아름답게 공존하고 있다. 사랑에 빠진 젊은 연인들, 느긋하게 산책하는 노부부, 잔디밭을 뛰어다니는 아이들, 운동을 하는 젊은 남자, 책을 읽는 중년의 여자, 마약에 찌든 부랑자, 잠자고 있는 노숙자, 웨딩사진을 찍

뉴욕 센트럴파크에서

고 있는 예비 신부와 신랑……. 세계 각국에서 모여든 다양한 피부색과 연령대의 온갖 사람들이 센트럴파크라는 무대에서 자신의 삶의 풍경을 연출하고 있는 것처럼 보였다. 이처럼 사람들이 펼쳐내는 다양한 삶의 풍경을 볼 때면, 가슴이 뜨거워졌다. 내가 살아 있다는 것에 깊은 기쁨과 감사함을 느꼈다.

그리고 센트럴파크에서는 그림을 그리는 사람, 노래를 부르는 사람, 춤을 추는 사람 등을 여기저기서 쉽게 볼 수 있는데, 그 덕분에 공원 곳곳에서 펼쳐지는 예술의 향연을 누릴 수가 있었다. 센트럴파크는 세계 여러 나라의 예술인들이 모여들고 젊음이 약동하는 곳이다. 돈을 들이지 않고 이 모든 것을 보고 느끼고 즐길 수가 있었다. 그러다 보면 내가 세상에 존재하고 있다는 것에 가슴이 벅차올랐다.

또한 센트럴파크의 자연 풍경은 정말 아름답다. 사계절 모두 아름답지만, 그중에서도 가을 풍경이 특히 더 아름답다. 휴일마다 찾아갔던 센트럴파크의 아름다운 풍경이 아직도 눈에 선하다.

미국에 온 여동생

　미국에 머무른 지 5, 6개월 정도 되었을 때 한국에서 여동생이 왔다. 미국에서 고생은 하지 않나, 밥은 먹고 다니나, 옷도 별로 없을 텐데 하는 걱정에 출장 온 남편을 따라서 온 것이었다. 무엇보다 어머니가 걱정을 너무 많이 하셔서 확인 차 온 것이었다. 동생은 내게 주려고 티셔츠 여러 장을 챙겨 왔다. 동생 남편의 출장지는 펜실베이니아였는데 뉴욕을 거쳐서 가는지라, 동생 부부는 내 거처에서 함께 잠을 잤다. 다행히 내 방이 커서 동생 남편은 침대에서 자고 동생과 나는 바닥에서 잤다. 동생 남편은 펜실베이니아로 출장을 가고 동생은 열흘 정도 나와 함께 있었다.

　동생은 내가 잘 지내는 것을 보고 놀라워했다. 적응하지 못하고 고생하고 있을 줄 알았던 언니가 네일아트 자격증을 따서 일을 하고 뉴욕 시내를 여기저기 잘 돌아다니니 놀랄 수밖에. 일은 당분간 쉬면서 동생과 함께 뉴욕 여기저기를 구경하러 다녔다. 오랜만의 휴식이었다. 영어권인 말레이시아에서 오래 살았던 동생은 뉴욕에 오면 자기가 당연히 안내할 줄 알았다. 근데 내가 동생을 데리고 여기저기 안내했다. 모든 돈은 동생이 다 냈다. 동생 남

미국에 온 여동생과 엠파이어스테이트 빌딩
에서. 자기 남편 출장길에 동행한 여동생은
나를 데리러 왔다가 내가 잘 지내는 것을 보
고는 혼자서 돌아갔다.

편의 출장 일이 끝나지 않은 까닭에 동생은 나랑 지내다가 먼저
한국에 돌아갔다. 동생이 가면서 내게 말했다.

"사실 언니 데리러 왔어. 엄마가 보통 걱정하는 것이 아니야. 근
데 상상외로 언니가 잘 지내네. 더 있다가 돌아와. 엄마한테는 곧
돌아온다고 얘기할게."

코네티컷에서 첫날 겪은 수난

6개월 정도 네일샵 여기저기를 돌아다녔다. 그러고 나니 초짜는 면한 듯해서 미국 부호들이 사는 동네로 가보자 했다. 마침 코네티컷 주 밀포드에서 사람을 구하기에 지원했다. 한국에 오기 직전까지 그곳에서 일했는데, 가게 이름이 횡거 네일샵이었다.

가보니 가게에 주인은 없고 매니저와 직원들만 있었다. 코네티컷은 내가 사는 곳에서 차를 타고 한 시간 정도 가야 했는데, 다행히 사장이 내가 사는 동네에서 살고 있어서 출퇴근할 때 나를 태우고 다녔다. 사장이 운영하는 가게는 두 곳이었는데, 다른 가게는 여사장이 맡아서 하고 있었다.

첫날, 샵 매니저는 나를 매니저와 최고 기술자 사이에 앉혔다. 아무래도 신입이다 보니까 이것저것 알려줄 겸 혹시나 있을 사고를 막으려고 그런 듯했다. 가게 단골손님들은 대체로 매니저나 기술자한테 미리 예약을 하고 왔다. 예약하지 않은 손님들은 일손이 비는 직원에게 가서 서비스를 받았다. 부자 동네여서인지 남자들도 많이 왔다.

그때 키가 크고 잘생긴 중년의 남자가 들어왔다. 내 첫 손님이었다. 옆에서 매니저가 그 사람에 대해 설명해 주었다.

"저 사람 이름은 폴이야. 유명한 휴양지에 레스토랑을 많이 갖고 있는 사람이야. 리사씨, 저 사람 잘생겼지?"

리사. 그게 내 영어 이름이었다. 네일샵에 근무하는 사람들은 한국 이름을 쓰지 않고 영어 이름을 각자 만들어서 썼다. 한 동료가 내 성이 이씨이니까 '리사'로 하라고 해서 얻게 된 이름이었다.

"네, 그러네요."

첫날이어서 긴장을 하고 있는 마당에 손님이 잘생겼는지 못생겼는지 가늠할 경황이 있었겠는가. 아무런 생각 없이 답했다.

이 가게에 온 첫날이고 첫 손님이었다. 늘 그랬듯이 긴장되고 떨렸다. 네일샵 여기저기를 다니면서 배우기는 했지만 익숙하게 잘하는 것이 없는지라 자신감이 없었다. 손님이 내 앞에 앉아 있는데 걱정이 태산이었다.

손을 잡는데 내 손이 떨렸다. 남자 손은 처음이었다. 키가 큰 사람이어서 그런지 손이 두꺼비 등짝만 했다. 내가 손을 막 떠니까 이 사람도 내가 경험이 별로 없는 초보라는 걸 알아챘다. 그러자 그 사람도 긴장해서는 손에 힘을 꽉 주는 것이 아닌가. 사실 긴장할 수밖에 없을 것이다. 네일샵에서 손톱을 손질하는 니퍼 같은 도구는 위험한데, 자칫 잘못해서 찌를 수 있기 때문이다. 더구나 미국 사람들은 에이즈 같은 병 때문에 피가 나면 기절초풍한다고 했다.

손이 부드러워야 일을 할 수 있는데, 뻣뻣하니까 손질을 할 수가 없었다. 긴장을 풀라고 영어로 말해야 하는데, 그때는 '릴렉스(relax)'라는 말을 몰랐다. 말은 통하지 않고 달리 방법이 없어서 그 사람의 엄지손톱을 손가락으로 꾹 눌렀다. 그랬더니 손에 들어간 힘을 좀 빼주었다. 그렇게 조금씩 손질을 해 가는데, 또 손에 힘을 주는 것이었다. 그래서 손가락으로 세게 누르면서 그 사람 얼굴을 봤더니, 웬걸, 웃고 있는 게 아닌가. 장난을 친 것이었다.

손톱을 끝내고 발톱 손질을 하기 시작하는데 엄지발가락에 또 그렇게 힘을 주었다. 그래서 발가락을 꾹 누르니까 힘을 뺐다. 릴렉스 대신 자기 손가락, 발가락을 꾹 누른 것이 우스웠던 모양이었다. 일부러 힘을 준 걸 보면 말이다. 여하튼 그렇게 무사히 첫 손님을 끝내고 다음 손님을 맞이했다.

팔십쯤 되어 보이는 할머니들 네 분이 왔는데, 그중의 한 할머니가 내 두 번째 손님이었다. 그런데 사납게 생긴 얼굴이어서 다시 긴장이 되는 것이었다. 그래서 조심조심 손질을 해 가는데 그만 날카로운 도구로 할머니의 손가락을 찌르고 말았다. 아무래도 긴장을 하고 있다 보니 그런 실수를 하게 된 것이다. 피가 약간 나왔는데, 이걸 본 할머니가 기절할 것 같은 얼굴로 성질을 냈다. 나는 어쩔 줄을 몰라 하며 거듭 "쏘리 쏘리." 하면서 사과를 드렸다. 하지만 할머니는 계속 화를 내면서 나한테 하지 않겠다고 했다. 매니저가 얼른 할머니를 달래서 자기 자리로 모시고 갔다.

가게 손님들 모두 이 광경을 지켜봤다. 나도 손님한테 그런 실수를 한 것은 처음인지라 당황스럽기만 했다. 게다가 할머니가 어찌나 화를 내던지 더욱 몸 둘 바를 모를 지경이었다. 그날 퇴근해서 가게 사장 차를 타고 가는데 사장이 나한테 주의를 주었다. 그 할머니가 사장한테 전화를 한 것이었다. 그런데 그날 할머니 일행 중 리더 격으로 보이는 할머니가 다음 주에 나한테 받겠다고 예약을 하고 갔다. 내가 실수를 해서 자기 친구가 화내는 것을 다 본 할머니는 왜 나한테 서비스를 받겠다고 한 것일까. 자기 친구가 지나치게 화를 내는 것이 못마땅했던 것일까. 아니면, 내가 어쩔 줄 몰라 하며 미안해하는 모습이 안쓰러웠던 것일까. 첫날 이처럼 수난을 겪었지만 그 덕분에 나는 정말 소중한 인연을 갖게 되었다. 내 실수를 보고도 예약을 하고 갔던 할머니, 리다 할머니와 단골로 만나게 된 것이었다.

아들이 군대 가는 날

첫날 실수를 해서 난리를 겪기는 했지만 그곳 가게에서 일하는 것은 좋았다. 부유한 동네이다 보니 손님들도 점잖았고 무엇보다 사장이 가게에 없는지라 상대적으로 마음이 편할 수밖에 없었다.

그러던 어느 날, 아침부터 마음이 무거웠다. 그날은 한국에 있는 아들이 군대를 가는 날이었다. 군대에 간다는 아들 전화를 받은 후 밤에 잠이 오지 않았다. 한국에 있다고 해도 아들이 군대를 간다면 애달플 일인데, 타국에 있는 처지에 그 심정이 오죽했겠는가. 다른 친구들이 엄마들의 눈물겨운 배웅을 받고 있을 때, 아들 녀석 혼자 쓸쓸히 입대할 것을 생각하니 속이 말이 아니었다. 출근할 때부터 눈물이 쏟아질 것 같았지만 꾹 참고 일했다.

가게에 첫 손님이 들어왔다. 이 손님은 매니저의 단골로 간호사였는데, 아들과 둘이서 살고 있었다. 매니저의 손님이긴 했지만 가게에 자주 오는 손님이라 서로 얼굴은 익힌 사이였다. 손님 없이 자리를 지키고 있는데, 매니저와 그 손님이 서로 말을 주고받더니 매니저가 나를 보고 말했다.

"리사씨, 미셸이 리사씨한테 아들이 있으면 잘생겼을 거래."

미셸이라는 그 손님은 가게에 오면 늘 아들 얘기만 하는 아들 바라기였다. 그러지 않아도 눈물을 꾹 참고 있었는데, 그 말을 듣는 순간 참았던 눈물이 올라오면서 "윽!" 하는 소리가 났다. 그 소리가 그렇게 크게 날지는 몰랐다. 손으로 터지는 울음을 막으면서 화장실로 뛰어갔다. 그러고는 엉엉 울었다. 화장실 밖으로 소리가 나든 말든 신경도 쓰지 않은 채 실컷 울었다. 어떻게 이 타이밍에 그런 말이 나올 수 있었는지. 참으로 묘했다. 그렇게 한바탕 눈물을 쏟고 나와 보니, 매니저도 직원들도 대기하고 있던 손님들도 모두 놀란 얼굴이었다. 다들 눈이 동그래져서는 무슨 일이냐는 표정으로 나를 봤다.

"리사씨, 왜 울었어? 무슨 일이야? 다들 놀랐잖아."

매니저가 물었다.

실은 오늘이 우리 아들이 군대에 가는 날이다. 그래서 눈물을 참고 있는데, 어쩌면 이 타이밍에 손님이 우리 아들 이야기를 하는지. 그래서 울게 되었다고 말해 줬다.

매니저한테 그 말을 전해 듣고 엄청 미안해하는 손님에게 내가 말했다.

"우리 아들 정말 잘생겼어요."

가게 단골손님들은 이런 내 사연을 나중에 입소문으로 듣고 다 아는 듯했다.

저 남자가 리사 언니 좋아하나 봐

하루는 첫 손님이었던 폴이라는 사람이 중학생으로 보이는 손녀딸과 함께 가게에 왔다. 그 사람은 유대인게 백인이었는데, 다른 남자 손님들과 달리 별로 말이 없었다. 그 사람의 가족들도 가게 단골손님이었다. 그 사람의 아내는 키가 작고 못생겼는데, 늘 보석을 치렁치렁 달고 왔다. 매니저가 하는 말이 그 보석 모두가 진짜 다이아몬드라고 했다. 딸은 아버지를 닮아서 키도 크고 스타일이 멋졌다.

다들 손님을 받아서 일하는 중이어서 폴은 자기 손녀딸과 함께 기다리고 있었다. 따로 예약을 하지 않고 온 것이었다. 마침 내가 가장 먼저 일을 끝냈다. 그러자 그 사람이 얼른 일어나서는 내 앞에 놓인 빈 의자에 앉았다. 그러자 양쪽에 있던 매니저와 고참인 미미가 흥분해서 말했다.

"어머! 저놈, 저놈 봐. 미쳤나 봐."

분명 전에는 잘생겼다고 소개할 때는 언제고 내 자리에 앉았다고 손님 욕을 하니 기분이 좋지 않았다.

"손님한테 욕을 하면 안 되지. 나 기분 안 좋아. 바꿔 생각해 봐. 내가 당신 손님한테 욕하면 기분 좋겠어?"

그 가게에서 일한 지도 좀 된지라 나도 참다못해 한마디 했다.

"리사 언니 좋아하나 봐."

"이 사람이 나를 뭘 좋아해? 내가 말을 해봤어? 눈짓을 보내봤어? 자리가 비웠으니까 앉는 거지."

첫날 말이 통하지 않아서 손가락을 누른 것은 그 사람하고 나만 아는 일이었다.

"언제나 손녀딸 먼저 앉혔거든! 근데 지금은 언니 자리가 비니까 지 손녀딸도 팽개치고 정신없이 와서 앉잖아."

"이 사람이 뭘 날 좋아해? 그러고 손님한테 욕하면 안 되지."

그 사람은 말다툼을 벌이고 있는 우리들을 쳐다봤다. 말은 알아듣지 못해도 우리들 표정을 보고 충분히 가늠할 수 있는 상황이었다. 자신 때문에 이 여자들이 싸우고 있다는 것을 말이다. 근데 이 여자들이 도대체 무슨 이유로 싸우는지는 알 수 없었을 것이다. 일단 말싸움은 멈추고 일을 시작하기는 했지만, 화가 가라앉지 않았다. 내가 좋지 않은 표정으로 손질을 했으니, 케어를 받는 그 사람 입장에서는 꽤 불편했을 것이다. 그 후로 그 남자는 오지 않았다. 일주일에 한 번씩 케어받으러 오는 단골이었는데, 발길을 뚝 끊어버린 것이다. 질투와 시기 때문에 일어난 일이었다. 미국은 팁 문화가 있어서 직원들 간에 팁을 많이 주는 돈 많은 손님을 차지하려는 경쟁이 치열하다. 그러다 보니 이런 어처구니없는 일도 당한 것이다.

한 번도 잡지 못해
아쉬웠던 우순씨의 손

가게 직원들이 '우순이'라고 부르는 손님이 있었다. 우순이는 '최고로 팁을 많이 주는 우수한 손님'이라는 뜻이다. 네일샵에서 손님들이 기본으로 주는 팁은 5불이다. 조금 더 주는 손님이라고 해도 대개는 10불이 최고액이다. 근데 우순씨로 불리는 이 손님은 무조건 3, 40불을 준다는 것이었다.

우순씨는 히스패닉계의 여자였는데, 차림새를 볼 때 그다지 돈 많은 여자 같지는 않았다. 우순씨는 따로 예약을 하지 않고 자기 차례를 기다려 케어를 받았다. 한 사람에게만 팁을 주지 않고 여러 사람에게 팁을 주고 싶어서 일부러 그런 듯했다. 우순씨도 우리처럼 이민자로 미국에 와서 초창기에 고생을 많이 한 게 아니었을까 싶었다. 하지만 우순씨의 그런 의도와는 달리 혜택은 직원들에게 골고루 돌아갈 수가 없었다. 노련한 매니저나 기술자가 이런 손님을 놓칠 리가 있었겠는가. 워낙 손이 빠른 사람들인지라 우순씨가 오면, 다른 손님을 받고 있다가도 후다닥 해치우고는 얼른 우순씨를 자기들 자리로 데리고 갔다. 그러니 나 같은 사람은 우순씨의 손을 잡을 기회가 없었다.

살아가다 보면 처음 보는데도 이상하게 교감이 되는 사람이 있지 않은가. 내게는 우순씨가 그랬다. '아, 저 사람이 내 손을 원하는구나. 나한테서 케어를 받고 싶어 하는구나.' 하는 느낌을 받았다. 직원들은 가게에 손님이 들어오면 자연스레 눈인사를 하게 된다. 그렇게 하다 보면 그 손님이 내게서 케어를 받고 싶어 하는지 아닌지가 절로 느껴진다. 가게에서 어느 정도 일하다 보니, 손님에게서 그런 느낌을 읽어낼 수가 있었다.

하루는 앉아서 손님을 기다리고 있었다. 손님 오는 대로 맞이해서 일하면 될 것이었다. 그때 문을 열고 우순씨가 들어섰다. 그 순간 우순씨와 내 눈이 탁 마주쳤다. 우순씨가 활짝 웃었다.

'당신과 내가 이제야 만나는군요.'

'네, 이제야 비로소 만나네요.'

그렇게 말없이 우리 두 사람의 마음이 통하고 있었다. 팁을 떠나서 우순씨의 손을 잡아 보고 싶었다. 이민자로 와서 한때 고생했으나 이제는 성공한 우순씨. 여러 사람에게 베풀고 싶어서 따로 예약을 하지 않고 오는 우순씨. 그 마음씨 고운 우순씨의 손을 정성스레 손질해 주고 싶었다. 우순씨가 활짝 웃으며 나를 향해 이만치 걸어오는데, 갑자기 매니저가 끼어들어서는 우순씨 보고 자기 자리로 오라고 하는 것이 아닌가. 방금 전까지 손님을 받아서 일하고 있던 사람이 그새 자기 손님을 해치우고는 내 손님을 가로채 갔다. 매니저의 행동은 잘못된 것이었다. 당장 싸움이 날 수도 있는 일이었다. 아마 다른 손님이었다면 매니저도 그러지 않앞을 것이다. 이 사람들은 여기서 물불 가리지 않고 살아야 되니까 저러는구나 하고 이해하기는 했지만 우순씨의 손을 한 번도 못 잡은 것은 아쉬웠다. 우순씨가 나를 쳐다보는데, 낙심한 표정이었다. 나는 나대로 멋쩍고 말았다. 우순씨는 내 옆에서 매니저의 케어를 받으면서 미안해했다. 그렇게 우리 두 사람의 소망은 어그러지고 말았다.

누구나 꿈꾸는 로맨스?

한국에서 식당을 할 때 여동생이 책 한 권을 선물해 주었다. 〈매디슨 카운티의 다리〉였다.

"언니, 이 책 주인공이 언니 같아서 샀어. 한번 읽어 봐."

동생 말처럼 주인공이 나 같은가 싶어서 읽어 봤다.

애매함으로 둘러싸인 이 우주에서 이런 확실한 감정은 단 한 번만 오는 거요.
몇 번을 다시 살더라도 다시는 오지 않는 거요.

남자 주인공인 로버트 킨케이드가 프란체스카에게 하는 말이다.

"이 주인공은 기막힌 사랑을 해봤네. 나랑 뭐가 닮았다는 거야? 나는 이 주인공보다 더 비련의 여주인공이야. 기막힌 사랑도 안 해봤고."

"그래도 언니랑 비슷하잖아."

아마도 여자 주인공이 사랑 없이 의무와 책임감으로 가정을 꾸리고 살아가는 모습이 나랑 비슷하다는 말이었을 게다. 미국에 갔을 때 영화 〈매디슨 카운티의 다리〉를 촬영한 장소가 관광코스로 정해져 있기에, 가보려고 했지만 9·11 테러로 무산되고 말았다.

처음 할머니가 살던 아파트에 방 하나를 구해서 살 때의 일이다. 복도식 아파트였는데, 아침에 출근하려고 문을 열면 동시에 옆집에서도 문을 열고 한 남자가 나오는 것이었다. 자연스레 얼굴을 마주치게 되었는데, 그럴 때면 밝게 웃으면서 인사를 해왔다. 그래서 나도 따라 웃으면서 인사를 할 수밖에 없었다. 엘리베이터를 같이 타고 내려갔다. 중년의 남자는 잘생기기도 했지만 무엇보다 인상이 참 좋았다. 가족하고 사는 것이 아니라 혼자 기거하는 듯했다. 다른 곳에서 잠시 와서 머무는 것이 아닐까 싶었다. 그렇게 서너 번 마주쳤나 보다.

하루는 출근하려고 아파트 로비에 서 있었다. 다른 사람들은 로비에 놓여 있는 긴 의자에 앉아 있었다. 나를 픽업하고 갈 사장 차가 오는가 하고 창밖을 내다보고 서 있는데, 갑자기 내 앞에 뭔가 툭 떨어졌다. 내려다보니 대학교재로 보이는 서너 권의 책이었다.

그래서 누가 나한테 이걸 던지나 하고 뒤를 돌아봤다. 그랬더니 옆집 남자가 서서 나를 바라보고 있었다. 마주치면 늘 웃던 사람이 웃지도 않고 서서는 마냥 나만 쳐다보는 것이었다. 그 사람은 따로 차가 있는지라 로비에 딱히 올 이유가 없었다. 평소와 다른 모습에 당황해서 그 사람을 보는데, 사장 차가 도착했다. 그래서 그대로 나와서 차를 타고 출근했다. 만약 시간이 더 있었다면 그 사람은 나한테 무슨 말을 하려고 한 것일까. 그 사람이 책을 던진 것은 '이 답답한 여자야. 나 이런 사람이야.'라는 뜻인 듯했다. 그 사람 스타일도 그렇고 책을 봤을 때 대학교수가 아닐까 싶었다.

그런 일이 있고 나서 얼마 후 다른 데로 이사를 가게 되었다. 한국에 있던 할머니의 사위가 미국에 들어온다고 해서 옮기게 된 것이었다. 그곳에 오래 있었으면 로맨스로 이어졌을지도 모르겠다. 이렇게 말은 해보지만 그런 일이 결코 일어나지 않으리라는 것을 안다. 그럴 배짱도 없지만 무엇보다 나는 마음을 열지 못하는 사람이다. 사랑을 할 줄 모르는 여자다. 누구나 한번쯤은 로맨스를 꿈꾼다고 하는데 나는 그런 마음이 도통 생기지를 않는다. 살아온 과정에서 억압되었다고 해야 하나…….

소설 〈매디슨 카운티의 다리〉에서 남자 주인공과 여자 주인공의 사랑이 이루어지지 못했다고 해서 슬퍼할 일은 아니다. 그래도 그 두 사람은 사랑이라는 감정을 느껴봤으니 말이다. 진짜 슬픈 것은 한 번도 사랑을 느껴보지 못하고 사는 것이다.

9·11 테러 목격, 귀국을 결심하다

　　　　　　　　　　　　사장의 차를 타고 맨해튼을 지나서 코네티컷으로 가는 출근길이었다. 갑자기 쿵! 하고 굉음이 들려왔다. 깜짝 놀라 뒤를 돌아보니 시커먼 연기와 함께 불이 치솟고 있었다. 사장이 얼른 라디오를 켰다. 월스트리트 쌍둥이빌딩이 테러당해서 폭파되었다고 했다. 순간 온몸에 소름이 돋았다.

　가게에 도착하니 기다리고 있던 손님들이 세계전쟁 일어나는 거 아니냐고 난리였다. 그날 가게에서 두렵고 어수선한 마음으로 일하고 퇴근하고 집에 와서 텔레비전을 보니 경악스러웠다. 사람들이 낙엽처럼 떨어지는데 차마 보고 있을 수가 없었다. 처음에는 이런 장면을 방송으로 보여주었다가 나중에는 사람들이 동요할까 봐 방송으로 다시 내보내지 않았다. 출근하다 죽은 사람, 늦잠 자서 살아난 사람, 지하철이 늦어서 산 사람, 길을 가다가 파편에 맞아서 죽은 사람 등 별별 사연이 다 있었다. 가슴이 덜덜 떨렸다. 맨해튼 거리는 연기가 피어오르고 출입을 막는 방어벽이 쳐 있어서 마치 전쟁터를 방불케 했다.

9·11 테러가 일어난 당시 행방이 묘연한 가족들을 찾는 메모지와 사진이 붙여진 지하철 내 벽면

거리 곳곳과 지하철 벽에는 연락이 두절된 가족들을 찾는 메모지와 사진으로 가득했다. 예전에 우리나라에서 이산가족을 찾는 광경과 똑같았다. 고국으로 돌아가는 유학생들도 많았다. 시간이 흐르자 미국 사람들은 점차 동요와 혼란에서 벗어나 자신들의 자리로 돌아가 일하기 시작했다.

한국에서 가족들한테서 괜찮냐고 묻는 전화가 왔다. 9·11 테러가 일어나기 전까지는 한국으로 돌아가겠다는 생각을 하지 않고 있었다. 그런데 이 끔찍한 사건을 보고는 죽더라도 식구들 옆에서 죽어야지 하는 생각이 들었다.

리다 할머니와 손님들의 따뜻한 송별

　　　　　　　　　　　한국으로 돌아가는 비행기 표를
끊고 네일샵 사장에게 그만둔다고 말했다. 리다 할머니가 손톱
손질을 하러 왔기에 이번 주까지만 일할 거라고 말해 주었다. 그
말을 들은 리다 할머니가 놀라워했다. 미국에 왔다가 다시 고국
으로 돌아가는 사람을 거의 본 적이 없었던 듯했다.

　이튿날이 되었는데 오는 손님들마다 내게 선물을 주는 것이 아
닌가. 내 손님이 아닌 손님들도 어디서 소식을 들었는지 선물을
가져와서는 건네주었다. 전혀 예상하지 못한 일이었다. 흑인 여자
가 내게 카드와 함께 꽃다발을 선물해 주었다. 흑인 여자는 매니
저의 손님이었고, 그 여자의 어머니가 내 손님이었다. 영화배우인
흑인 여자는 코네티컷에서 배우를 양성하는 학원을 운영하고 있
었다. 카드에는 행운을 빈다는 말과 함께 백 불짜리 지폐가 들어
있었다. 그렇게 고상하면서 아름다운 꽃다발은 내 생애 처음이었
다. 꽃밭에서 바로 꺾어온 것처럼 싱싱한 데다 포장지도 세련된
것이었다. 그다지 꽃을 좋아하지 않는 나도 연신 감탄하게 만드는
꽃다발이었다. 그런데 매니저가 퇴근할 때 한국에 가는 데 필요

코네티컷 네일샵에서 일할 때 단골손님과 함께. 그녀는 영화배우로 활동하면서 배우를 양성하는 학원을 운영했다. 가게를 그만둘 때 그녀에게서 세상에서 가장 아름다운 꽃다발을 선물 받았다.

없지 않냐고 하면서 자신에게 달라고 했다. 내심 함께 살던 할머니에게 드리려고 했었는데, 매니저의 청을 거절할 수가 없어서 매니저에게 줬다. 아름다운 꽃 선물을 받았다는 것만으로도 충분히 좋았다.

　다음 날, 화장실에서 손을 씻고 나오는데 그 앞에서 리다 할머니가 기다리고 계셨다. 할머니는 돈이 들어 있는 루이비통 동전지갑과 백 불짜리 지폐를 쥐어주었다.

　"너한테 손을 맡기기 전에 7년 동안 내 손을 맡긴 사람이 있었다. 근데 그 사람보다 1년을 만난 너와 나눈 교감이 더 크다."

　매니저가 리다 할머니의 말을 통역해 주었다.

　"이건 언제나 지니고 다녀라. 행운이 따를 것이다."

　리다 할머니가 동전지갑을 가리키며 말했다. 잘은 모르지만 유대인들 사이에 그런 문화가 있는 듯했다.

리다 할머니는 내게 특별한 분이었다. 할머니의 친구에게 저지른 내 실수를 보고도 내 손님이 되어 준, 그 가게에서 갖게 된 내 첫 번째 단골손님이었다. 할머니는 유대계 미국인이었는데, 팔십이 다 된 나이에도 미니스커트에 가죽옷을 입는 멋쟁이였다. 그리고 가게에 올 때마다 빈손으로 오는 법이 없이 초콜릿 등 먹을 것을 늘 가지고 왔다. 뉴욕의 겨울은 워낙 추워서 겨울에는 플로리다에 있는 자기 별장에서 지내다 왔는데, 그곳 특산물인 보석함을 선물해 주기도 했다. 예약한 시간에 와도 내가 다른 손님을 받고 있으면, "괜찮으니까 천천히 해."라며 배려해 주는 분이었다. 그런데 리다 할머니가 가고 난 다음에 매니저가 내게 뜻밖의 이야기를 들려주었다.

"사실 리다 할머니는 굉장히 무서운 할머니야. 그 넷 중에서 제일 무서운 사람이 리다 할머니라니까."

그렇게 친절한 리다 할머니가 무섭다니! 무슨 말인가 싶었다.

"무서운 할머니라고 하면 리사씨가 일을 잘 못할까 봐 일부러 얘기 안 한 거야. 리사씨 오기 전에 일했던 사람한테는 1초만 기다리게 해도 난리가 났어. 리사씨가 피 나게 해서 난리 피운 할머니 있지? 그 할머니는 리다 할머니에 비하면 양반이야."

나를 그렇게 배려해 준 할머니가? 정말 믿기 힘든 이야기였다.

"그런 양반이 리사씨한테만 나긋나긋한 것이, 참, 놀랄 노자였다니까."

자신의 친구가 나한테 난리 치는 것을 보고 내가 딱해 보였던 것일까. 그냥 단골손님으로만 생각했는데, 매니저 말을 듣고서 리다 할머니가 나를 엄청 생각해 주었다는 것을 알게 되었다. 가게를 그만두기 전에 리다 할머니에게 효자손을 선물해 드렸다. 다른 세 분 할머니의 것도 챙겨드리면서 전해 달라고 했다. 돈이 많아 부족함이라고 모르는 할머니가 그 작은 선물을 받고 좋아하는 모습에 나도 덩달아 기분이 좋았다. 한국에 돌아온 지 1년 정도 되었을 때 네일샵에 전화를 해봤다. 그때 매니저가 하는 말이 이랬다.

"리다 할머니가 날 볼 때마다 리사씨 얘기해. 엄청 좋아했나봐. 잘사는지 궁금하다고 해서 내가 리사씨는 원래 한국에서 식당을 하다가 미국에 왔다고 했어. 그리고 지금도 사업하고 있다고."

아직도 아쉽고 후회되는 것 중의 하나는 리다 할머니 사진을 찍지 못한 것이다. 하루는 가게에 카메라를 가져갔다. 마침 영화배우인 흑인 여자가 그 자리에 있어서 함께 사진을 찍었다. 그런데 그때 가게에 리다 할머니가 있었는데 찍지를 못했다. 아무래도 어른인지라 사진 찍자는 말을 하기가 조심스러웠다. 정말 후회가 막심하다. 리다 할머니가 어찌 지내시는지 궁금하다. 추운 겨울이라 따뜻한 플로리다로 가신 것은 아닐까. 연세가 있으셔서 혹여 돌아가신 것은 아닌지…….

'잊을 수 없는 리다 할머니, 고맙습니다. 말 한마디 제대로 나누지 못한 저를, 부족했던 저를 사랑해 주셔서 정말 고맙습니다.'

리다 할머니와 다른 손님들의 마음이 담긴 선물을 받았을 때 그 사람들이 나를 엄청 생각한다는 것을 알게 되었다. 물론 내가 일을 잘해서 그 사람들의 마음을 얻은 것은 아니었지만, 사람들의 마음을 얻는 것처럼 든든하고 기쁜 일이 또 있을까.

출국을 앞두고

출국을 한 달 정도 앞두고 가게를 그만두고 그냥 있기 뭐해서 마땅한 일자리가 있나 하고 광고지를 살펴봤다. 작은 규모의 식당을 오픈하려고 하는데, 이를 맡아서 해줄 사람을 구하는 광고가 보였다. 한국에서 식당을 한지라, 이 정도 규모라면 내가 할 수 있겠다 싶어서 전화했다. 그랬더니 그쪽에서 그날 만나자고 해서 미팅을 하고는 바로 일하게 되었다. 사장이 전화로 내 목소리를 듣고는 이 사람이다 싶은 마음이 들었다고 나중에 말했다.

오픈 준비는 나 혼자서 했다. 메뉴를 짜고 기본 반찬인 김치도 담갔다. 밤을 새워가면서 배추김치, 물김치 등을 담갔다. 개업식날 나갈 음식도 만들었다. 가게 사장의 친척들이 와서 맛을 보고는 '김치도 백점', '돼지껍데기도 백점' 하면서 대단히 만족스러워했다.

가게는 사장인 남자와 그 여동생이 함께 꾸려갔는데, 문제는 사장과 여동생이 서로 다른 지시를 내린다는 점이었다. 이를테면, 음식이 하나 나가면 사장은 짜니 싱겁게 하라고 하고, 여동생은 싱겁다고 하면서 간을 다시 하라고 하는 것이다. 모든 일이 그랬다. 어느 장단에 춤을 춰야 할지 알 수가 없었다. 이런 식으로 나를 괴롭히기에, 내가 알아서 할 테니 내버려두라고 했다. 그런데도 그 두 사람은 서로 대립된 의견으로 나를 계속 괴롭혔다. 요즘 말로 갑질을 하는 것이었다. 결국, 뒤뜰로 남자 주인을 불렀다.

"혼자 고생해 가면서 기껏 오픈해 줬더니, 사람을 왜 이렇게 함부로 대하세요? 나를 한국에서 사기나 치고 온 여자로 취급하면 안 되죠!"

그러고 나서는 여자 주인도 뒤뜰로 불러서 말했다.

"내가 이렇게 미국에 혼자 와서 일한다고 이상한 여자로 생각하면 안 되죠!"

주인 남자는 혼자 사는 사람이었다. 그래서 여동생이 나를 이상한 여자로 생각하고 들들 볶는 것이 한눈에 보였다. 어이가 없었다. 아직 주급을 받기 전이라 일주일은 참고 일해 보자 했다. 그리고 그 두 사람에게 이런 식으로 나를 대하면 더 이상 일을 할 수 없다고 경고해 두었다. 이에 덧붙여 혼자서 일하기 힘드니까 사람을 한 명 구해 달라고 했다. 그래서 여자 한 명이 왔는데 세상에 그런 가관이 없었다. 이 여자는 설거지 같은 일을 하라고 구한 사람이라 주방 일은 전혀 못했다. 그런데 이 여자가 하는 일마다 두 사람이 감탄하면서 나 들으라는 듯이 노골적으로 칭찬하는 것이었다. 양파를 까도, 감자를 깎아도, 설거지를 해도 칭찬을 했다. 내가 고분고분하지 않으니까 나를 약 올리려고 하는 짓이라는 것이 너무나 뻔히 보였다. 사람을 갖고 노는 것도 아니고, 도대체

뭐하는 짓인가 싶었다.

하도 하는 짓이 추잡해서 그동안 일한 돈 필요 없다 하고 가게에 나가지 않았다. 전화가 수십 통 오고 난리가 났지만 받지 않았다. 그 후에 사장은 사람을 잘못 보고 무례하게 굴어서 미안하다며 연락을 해왔다. 김치를 먹을 때마다 미안한 마음이 들었다고 했다. 상처받은 마음을 여행하면서 달랬다. 그리고 출국일이 되어 미국을 떠났다.

내 인생 최고의 학교, 뉴욕

IMF 사태로 식당이 망했을 때 가장 힘들었던 것은 가까운 사람들에게서 받은 소외감이었다. 동생들만 잘살면 된다고 살아왔고 정말 바람대로 동생들은 잘살게 되었다. 그런데 내가 처음으로 실패를 하고 동생들보다 못한 상황이 되었을 때 동생들에게서 소외감을 느꼈다. 착한 동생들이었다. 그런데도 소외감을 느낀 그 순간에는 정말 슬펐다. 내가 뭣 때문에, 누구 때문에 앞만 보고 달려왔는지 공허감에 잠을 이룰 수가 없었다. 지금 돌이켜 생각해 보면 자격지심 때문에 더 큰 소외감을 느꼈을지도 모르겠다는 생각이 들지만, 이처럼 내게 위로와 격려를 해줘야 할 가장 가까운 사람들에게서 받은 소외감은 내 안에 큰 파장을 일으켰다. 그래서 저승길 대신 떠난 곳이 미국이었다. 그런데 그곳에 내 인생의 반전이 있었다.

미국은 말도 통하지 않는 완전 낯선 세상이었다. 그곳에서의 생활은 하루하루가 바위를 뚫으면서 살아가는 나날 같았다. 하지만 이런 정신적인 고통이 나를 더욱 강하게 만들어 주었다. 세상에 무서울 것이 없는, 용기백배한 사람이 되게 했다. 이 세상 누구 앞에서도 당당하게 설 수 있는 용기를 갖게 된 것이다. 또한 한국에서는 겪기 힘든 이런저런 일을 겪으면서 정신적으로도 성숙해졌다. 돈으로 살 수 없는 값진 경험이었다. 학생들이 유학 가서 공부하는 것처럼 나도 미국에서 철저히 인생 공부를 한 것이다.

미국에서 생활한 기간은 2년 정도로 짧다. 하지만 그 시간은 많은 추억이 떠오르는, 내 인생에서 가장 풍요로웠던 시간이었다. 밀입국으로 체포되었을 때 내 진정성을 알아봐 준 통역사와 책임자. 그분들은 내 인생의 은인들이다. 죽기 전 그분들에게 감사한 마음을 전하는 것이 내 남은 숙제다. 그리고 코네티컷에서 만난 리다 할머니와 히스패닉계 손님인 우순씨는 말은 통하지 않았지만 특별한 교감이 이루어졌던 사람들이다.

당시 아이들은 나를 원망했을지도 모르겠다. 아이들에게는 미안한 일이었지만 나는 미국에 간 것을 후회하지 않는다. 아니, 그동안의 내 삶에 대한 보상이라고 생각한다. 내 인생 중에 가장 잘한 일 중의 하나가 미국에 간 것이다. 뉴욕에서 생활은 내 인생의 휴식이었다. 내 인생 처음으로 누구의 딸 혹은 언니, 엄마, 아내도 아닌 온전한 '나'로서 살았던 시간이었다. 숨 가쁘게 달려온 인생에서 잠시 멈추고 호흡을 가다듬던 시간이었다. 그 덕분에 내가 삶의 전장으로 다시 돌아갈 수 있게 되었다. 더욱 강해져서 말이다.

4부

다시 삶의 전장으로

2002~2015년
50~63세

다시 영숙이 이모로 돌아가다

내가 한국에 들어오자 큰 딸은 기다렸다는 듯이 바로 영국으로 떠났다. 대학을 졸업한 큰딸은 내가 들어오는 날짜에 맞춰 이미 영국으로 갈 수속을 다 밟아놓은 상태였다. 부모의 도움 없이 자기 힘으로 여비를 마련해서 갔다. 엄마의 빈자리에 흔들림 없이 제 앞가림을 야무지게 해온 큰딸이 정말 대견하고 자랑스러웠다.

집에서 한두 달 정도 쉬고 다시 오정동 농수산물 시장에 나갔다. 10년 만에 다시 '영숙이 이모'로 돌아간 것이었다. 이미 나에 대한 소문이 파다하게 나 있었다. 바람나서 일본으로 갔다는 둥 미국으로 갔다는 둥 뒤에서 수군댔다. 사실이 아니어서 상대하지 않고 무시했다. 하지만 그렇게 무시하는 것 자체가 정신적으로 힘든 일이었다.

사람의 심리라는 것이 참 요상하게 작동한다. 사람들은 자기보다 못한 사람은 상대하지 않고 내버려두지만 만만치 않은 사람은 헐뜯을 게 없나 하고 항시 노린다. 아무리 친한 친구 사이라도 상대가 자기보다 아래에 있어야지, 자기보다 위로 올라가면 고깝게 생각하는 것이다. 한 사람이 "저 여자 나쁜 여자다!" 하면 곧 모든 사람들에게 나쁜 여자가 된다. 그게 군중심리다. 그렇게 그곳에서 나쁜 여자로 눈총을 받으며 살았다. 시시비비를 가린다고 싸우게 되면 도리어 말이 부풀어져서 거짓 소문이 되는 경우를 수없이 본지라, 무시하고 지냈다.

그런데 여건이 바뀌면서 농수산물 시장도 내리막길로 접어들고 있었다. 위탁판매는 경매로 바뀌어 있었다. 초창기처럼 돈을 벌 수 있는 상황이 아니었다. 그런 때에 내가 살던 연기군이 세종특별자치시로 선정되자, 고향에 내려가야겠다는 생각을 하게 되었다. 마침 세 아이 모두 학교를 졸업하고 제 앞가림을 하고 있었다.

혼자 고향에 내려갈 준비를 차근차근 하기 시작했다. 큰일을 결정할 때 미리 다른 사람에게 말하지 않는 편이다. 자칫 말만 앞세웠다가 무산되어서 실없는 사람이 되는 것을 경계하고자 함이었다. 혼자 계획해서 실행에 옮기다가 확정되었다 싶으면 그제야 비로소 다른 사람에게 말한다. 물론 사안에 따라 이처럼 오랫동안 계획해서 준비하는 일도 있고 즉흥적으로 벌이는 일도 있다.

일단 주거지가 있어야 해서 아파트 분양 신청을 했는데 분양을 받기가 어려웠다. 그곳에 2년 이상 살아야 분양을 받을 수 있었다. 일반 아파트 분양은 몇 번 신청했지만 떨어지고, 10년 공공임대아파트에는 다행히 당첨이 되었다. 10년을 살면 자기 소유로 전환할 수 있었다. 세종시가 아무래도 아이들 교육에는 더 좋을 것 같아서 아들네가 와서 살았으면 하고 일부러 33평을 신청했다. 근데 아들네는 그대로 대전에서 살겠다고 했다. 우리 부부만 살기에는 넓은 평수였다. 미국에서 이보다 작은 평수에서도 여러 사람이 함께 어울려 사는 것을 봐서 그런지 더 크게 느껴졌다. 2012년에 대전에서 세종시로 이사를 왔다.

그래서 주거침입죄라구요?

세종시로 이사 와서도 대전까지 장사를 다녔다. 새벽장사라 밤에는 혼자서 버스를 타고 갔고 다음 날 장사가 끝나면 남편이 차로 데리러 왔다. 지금이야 5년 정도 시간이 흘러서 나름대로 꼴을 갖추었지만 처음 아파트에 입주할 당시만 해도 황량했다. 아파트 단지에 상가도 없었다. 그래서 생각한 것이 노점상이었다. 항상 어떤 일이든지 하기 전에는 망설이게 되는 법. 가게에서 장사만 하던 나로서는 도전이었다. 처음으로 길거리에서 장사할 생각을 하려니 창피함, 두려움 같은 것이 있었다. 아니지, 내 자신을 시험해 보자. 그렇게 달리 생각을 하고 아파트 단지 앞에서 노점을 시작했다. 사실 시작하기 전에는 이런저런 걱정과 두려움으로 망설이던 일도 막상 시작하게 되면 걱정이나 두려움이 다 사그라진다. 모든 일이 다 그렇다.

그렇게 용기를 내서 노점을 차렸더니 사람들이 무척 좋아했다. 마땅히 살 데가 없어서 불편을 겪고 있었던 사람들이 물건을 사러 와서는 "아줌마가 와서 너무 좋아요. 물건도 싸고 진짜 싱싱하네요." 하고 이구동성으로 말했다. 새댁들도 아기 엄마들도 혼자 사는 남자도 와서 물건을 사갔다. 장사하는 입장에서는 신나는 일이었다. 사실 첫날 하나도 팔리지 않았다면 조금은 창피했을 것이다.

밤 12시쯤에 대전 농수산물 시장을 나갔다. 새벽 4시에 경매가 이루어지는데, 경매로 물건을 사서 단골들에게 아침 장사를 했다. 아침 장사를 하고 남은 물건을 가지고 집에 가는 길에 노점상을 했다. 한두 시간 만에 다 팔기도 하고 어느 때는 해질 무렵까지 팔았다. 처음에는 단지와 단지를 이어주는 구름다리 아래에서 혼자 장사를 했는데, 나중에는 과일장사가 와서는 내 옆에서 장사를 했다.

그러던 어느 날이었다. 한 젊은 여자가 내 앞을 지나가다가 걸음을 멈추고 얼굴을 쓰윽 내밀더니, 이러는 게 아닌가.

"아줌마, 여기는 명품도시예요. 이렇게 벌려놓고 장사하면 안 되죠!"

기가 막혔다.

"여보셔요! 당신은 이슬만 먹고 살아? 둘러봐 봐. 여기 사먹을 마트가 있어, 뭐가 있어? 당신들은 사먹어서 좋고 나는 팔아서 좋고, 매부 좋고 누이 좋은 거 아니겠어?"

"누가 여기서 이런 걸 팔라고 했어요? 지저분하게. 신고할 거예요."

"그럼 신고해. 아기 엄마들도 그렇고 다른 사람들을 다 감사하게 생각해. 신고해, 신고해 봐."

그 여자는 신고하겠다고 하면서 돌아갔다.

그러고 난 후 얼마 안 있어서 아파트 관리소장과 직원들, 아파트 경비원들, 공무원 서너 명과 경찰차가 내 앞으로 싹 몰려온 것이었다. 게다가 아파트 사람들도 무슨 일인가 하고 몰려들었다.

관리소장이 "아주머니!" 하고 불렀다.

"왜요?"

나는 나대로 이미 화가 잔뜩 난 상태였다.

"아주머니는 주거침입죄로 신고될 수 있어요."

그러니까 주거침입죄로 경찰한테 신고하겠다는 것이었다.

"어떻게 해서 주거침입죄가 되는데요?"

"아주머니, 여기는 우리 아파트에 소유권이 있어요."

"그래서 주거침입죄라구요?"

"네, 그래요."

"여보셔요! 말도 안 되는 소리 하지 마. 그러면 여기 다니는 사람들도 다 주거침입죄로 신고해야겠네. 안 그래요? 할 말 있으면 해 봐요!"

누구나 그렇겠지만 나는 싸울 때 목소리가 확 달라지는 사람이다. 그동안 삶의 전장에서 쌓아올린 전투력이 목소리에 담겨 있다. 싸울 때는 말이 약하면 안 된다. 강력하게 치고 들어가는 한 방이 있어야 한다. 내가 강한 어조로 말하니, 공무원들은 먼 산만 쳐다보고 있고 경찰 둘은 저만치에 가 있었다.

"내 물건은 손대지 마. 내 물건 손대면 백배 천배로 물릴 테니까."

그 말에 관리소 직원들은 내 물건에는 손을 못 대고, 사과장수의 물건만 치웠다.

"경찰님도 오시고 공무원님도 오셨네. 나도 여기 세종시 시민이야. 세금도 내는 사람이야. 당당히 여기 쓸 수 있는 자격이 있어. 그러면 시에서 관할하는 도로는 어디서 어디까지야?"

그랬더니 그중의 한 사람이 저기라고 일러주었다.

"좋아. 여기는 아파트 관할이라고 하니까 내일부터는 저기서 장사할 거야. 알았어? 당신들 한번 둘러봐 봐. 여기 주민들 어디서 뭐 사먹으라고 그러는 거야? 저 사람들은 가까운 데서 사서 좋고 나는 팔아서 좋고. 어, 내가 뭘 잘못했는데, 말해 봐!"

아무도 말을 못했다. 부당하게 억지를 부리는 것이 아니라 타당성 있게 권리를 주장하니까 아무도 말을 할 수가 없었던 것이다. 그러고 나서 다 뿔뿔이 흩어져 갔다. 남아 있던 구경꾼들은 물건을 사가면서 "아줌마 있으니까 좋기만 하구만, 누가 신고했어?"라며 한마디씩 했다.

다음 날 말한 대로 시 관할지에다가 노점을 차려서 장사했다. 이미 그 상황을 목격한 경비원들은 내가 그러는 것을 보고도 그냥 내버려뒀다. 하루는 농수산물 시장에서 새벽 장사를 할 때였다.

"어머머, 이 아줌마 좀 봐."

시장에 온 젊은 여자 일행 중 한 사람이 나를 보고는 깜짝 놀라며 말했다.

"왜요?" 하다가 짐작되는 바가 있었다.

"아기 엄마들 저기 세종시 첫 마을에서 왔지?"

"그래요. 6단지에서 왔어요. 세상에, 아줌마 여기서 장사하는 거예요?"

"그래, 여기서 장사하고 오후에 집에 가면서 고 몇 시간 파는 거여."

"아줌마, 알고 보니 재벌이네."

"재벌은 아니어도 노점상은 아녀."

"어쩐지 아줌마 물건은 싸고 좋더라."

도매에서 팔고 남은 물건을 가져와서 파는 것이라 이래저래 재미가 쏠쏠했다. 그리고 대평시장에 가게를 하나 얻었다.

노점상과 농수산물 시장을 그만두다

평일에는 대전 농수산물 시장에서 새벽 장사를 하고 집에 가는 길에 노점상을 했다. 그리고 오일장이 서면 이곳 대평시장에 와서 장사를 했다. 대평시장에서 가게를 얻은 것은 채소장사를 하려고 그런 것은 아니었다. 나중에 농수산물 시장을 정리하게 되면 이곳에서 하고 싶은 장사를 하려고 얻은 것이었다. 당장 무슨 장사를 할지 정한 것이 아니어서 도매 시장에서 팔고 남은 채소를 가져와서 팔았다. 대평시장 상인회 회장과 여기 시장에서 장사하는 사람이 첫마을 아파트에 시장을 홍보하러 왔다가 노점을 하는 나를 본 모양이었다. 당시는 아는 체를 안 하고 있다가 나중에 모든 것을 정리하고 여기에 와서 장사할 때 회장이 말했다.

"농수산물 시장에서 장사하는 사람 아녀?"

"그려."

"근데 노점 하는 것 보고 누님 대단하다고 생각했어."

내가 그렇게 노점상을 하고 있으니까 나처럼 노점상 하는 사람이 늘어났다. 관리소 직원들이 와서는 그 사람들을 쫓아냈다.

"여기서 장사하면 지저분해서 안 돼요."

그런데 나는 그냥 내버려두는 걸 보고는 다른 노점상들이 한마디씩 했다.

"이 아줌마는 왜 그냥 두는데요?"

그러자 직원이 하는 말이 "관리소장님이 내버려두래요."였다.

그곳에서 노점을 4, 5개월 정도 했는데, 점차 단지 안에 상가들이 입주해서 자리 잡기 시작했다. 이쯤에서 접어야겠다고 생각했다. 사실 육체적으로 굉장히 힘이 들기도 했다. 나와 싸웠던 관리소장에게 줄 선물을 들고 찾아갔다. 사무실에 내가 들어서니까 관리소장이 깜짝 놀라는 얼굴이었다.

"그동안 마음 상하게 해서 죄송해요."

"왜 그래요, 아줌마?"

"나 내일부터 안 나와요."

"왜 그러신대요? 계속하시지……"

"이제는 마트도 생기고 다 자리 잡았잖아요. 그동안 고마웠어요. 이거 받으세요."

"이거 받으면 안 되는데……."

"끝나는 마당에 주는 거니까 이거는 뇌물이 아니네요. 여하튼 고마워요."

노점상을 그만두고 곧이어 농수산물 시장도 정리했다. 도매시장에서 가져온 채소로 대평시장에서 장사했던 것이라, 채소장사도 접었다.

대평시장에서 떡볶이, 호떡을 팔다

　　　　　　　　　　　　대평시장에서 채소장사를 그만
두고 이 가게에서 무슨 장사를 할까 곰곰이 생각했다. 대평시장
은 어릴 때 내가 보던 그 시장이 아니었다. 어린 시절 대평시장은
갖가지 물건이 즐비했고 사람들도 바글바글했다. 그래서 물건 구
경도 재밌었지만, 각지에서 모여든 사람들을 구경하는 재미도 쏠
쏠했다. 근데 지금은 군데군데 가게들이 비어 있어서 황량한 느낌
을 주었다. 이곳에서 어린 시절을 보낸 나로서는 다시 시장이 북
적거리기를 바랐다. 시장에는 먹거리 장사가 있어야 사람들을 끌
어들이는 법이다. 살펴보니 시장에는 호떡을 파는 사람이 없었다.
그래서 호떡장사를 해야겠다 싶었다. 크게 밑천이 들지 않는 장사
여서 설령 잘못된다고 할지라도 크게 손해 볼 일은 없었다. 호떡
과 함께 떡볶이도 만들어서 팔았다. 사람들이 와서 떡볶이나 호
떡을 사먹는 것을 본 상인회 회장이 말했다.

　"참 잘 생각했네. 여기를 먹거리 시장으로 만들어야겠어."

　"그래, 시장은 먹거리가 있어야 시장다워지지. 근데 당장은 시
기상조야."

"아니. 될 것 같아."

"뻥튀기 기계여? 유동인구도 없는데 먹거리 시장이 형성돼? 세월에 속도를 맞춰가면서 그렇게 형성이 되는 것이지."

그래도 회장이 당장 해야겠다고 의욕을 보여서 그럼 해보라고 했다. 상인회 회장은 함께 국민학교를 다닌 사람이어서 서로 잘 알았다. 장사는 장사 속에서 해먹는 법이다. 경쟁자 없이 자기 혼자만 장사를 하면 잘될 거라고 생각하는 것은 큰 오산이다. 경쟁하는 가게들이 어느 정도 있을 때 장사는 더 잘되는 법이다. 누구나 북적이는 시장에 가고 싶어 하지, 어느 누가 썰렁한 시장에 가고 싶어 하겠는가.

노점상과의 갈등

　　　　　　　　　　　회장이 먹거리 시장을 하겠다고
한 시장 점포가 있는 골목에는 오일장이 서면 잡다한 물건을 파
는 만물장사와 생선장사가 노점을 했다. 회장이 그 두 사람에게
자리를 비워 달라고 해서 그곳에 먹거리 시장을 꾸며야겠다고 말
했다. 그 의논을 하려고 노점상 협회의 회장을 불렀다. 회장은 중
년 여자였다. 상인회 회장이 여길 먹거리 시장으로 활성화하려고
하니, 노점 하는 두 사람의 자리를 비워달라고 했다. 그랬더니 노
점상 회장이 죽어도 못 비켜 준다고 말했다. 이 시장은 자기네들
때문에 존재한다면서 말이다. 그 말에 나도 모르게 발끈하고 말
았다.

　"말도 안 되는 소리 하지 마. 당신들 때문에 존재하는 게 아니
라 여기는 대대로 이어온 전통시장이야. 그리고 여기 주인은 상인
회가 주인이야. 비켜 달라고 하면 당연히 비켜줘야지! 알고 떠들
어."

　그러자 노점상 회장이 싹 나가겠다는 것이다. 상인회 상인들은
점포를 갖고 시장에 상주하는 사람들이고, 노점상은 오일마다 오

는 상인들이었다. 그렇다면 상주하는 사람들이 우선 아니겠는가. 먹거리 시장을 하려고 하면 한두 명 있을 때 정리를 했어야 했지만, 노점상인들의 강경한 반대에 부딪혀 더 이상 추진을 못한 채 1년이 지나갔다.

우리 가게의 맞은편에 있는 가게는 주인이 자주 바뀌었다. 마침 그곳이 우리 가게보다 목이 더 좋은 곳이라 그곳을 얻어야지 생각했다. 옷 가게를 열고 한 달 만에 접는 주인을 만나서 거래를 성사시켰다. 그 가게 앞에서 만물장사가 노점을 하고 있었는데, 그 사람에게 내가 여기서 호떡, 떡볶이 장사를 하려고 하니 비켜 달라고 했다. 갈 데 없는 사람한테 비켜 달라고 했으면 내가 나쁜 사람이었겠지만, 노점상들이 즐비하게 앉아서 장사하는 곳에는 이미 빈자리가 있었다. 그런데 얼마 후 노점상 회장이라는 여자가 와서 가게에 손님들이 있는데도 욕을 하고 기물을 부수는 것이 아닌가. 회장 혼자 온 게 아니라 다른 노점상들까지 무리 지어 와서는 못 비킨다며 억지를 부렸다. 물론 개인적인 일이긴 했지만, 그때 상인회 사람들 중 그 누구 한 사람도 나와 보지 않았다. 농수산물 도매상에서 장사를 할 때 노점상을 상대로 한지라 그 사람들의 악착같은 근성은 잘 알고 있었다. 근데 내 근성도 만만치 않은 터.

"내가 이 가게를 얻은 이상, 권한은 나한테 있어. 자리가 없는데도 내가 내쫓으면 내 잘못이지. 근데 저기 자리도 있는데 저 사람을 왜 못 앉혀, 저 자리가 더 좋은데? 당신들 뒷거래 있는 거 아냐? 나 파헤칠 거야. 내가 당신들한테 질 여자가 아냐. 나 우습게

보지 마!"

떼거리로 몰려온 노점상인들 중의 한 사람이 "굴러온 돌이 박힌 돌을 빼고 있구면." 하고 말했다. 내가 이곳 원주민이라는 걸 모르고 하는 소리였다. 자기들 영역을 빼앗기지 않으려고 그렇게 몰려온 것이었다. 내가 그렇게 노점상인들하고 맞붙고 싸울 때 상인회에서는 강 건너 불구경하듯 했다. 싸워서 이기면 좋지만 관여는 하지 않겠다는 태도였다. 상인회 회장에게 한마디 하지 않을 수가 없었다.

"상인회가 자기 권한 행사도 못하는데 존재할 가치가 있어? 상인회가 권리 행사할 수 있는 곳이 어디부터 어디까지야? 노점상들이 다 임금행세하고 다니잖아. 이런 것도 못하면서 상인회 회장이야? 이게 개인적인 문제처럼 보이지만 사실은 상인회 위상도 걸린 문제야."

결국 이 문제를 해결하기 위해 세종시 시의회 의장에게 전화를 했다. 일요일에 커피숍에서 만나 그간 일어난 이야기를 사실대로 말했다.

오일장 하는 사람들과 트러블이 있다. 시장을 활성화하려면 자리를 비켜줘야 하는데, 자리가 비어 있는데도 옮기지 않는 이유가 무엇 때문인지 조사 한번 해봐라. 이것은 내 개인적인 문제가 아니다. 여기는 100년도 넘은 전통시장 아니냐. 오일장꾼들이 세금을 내냐, 청소비를 내냐. 활성화시키려고 옮겨달라는데 여기에 협조를 하지 않는 것은 잘못된 것이 아니냐.

그랬더니 의장이 내 이야기가 모두 맞다고 호응해 주었다. 그렇게 해서 상인회 사무실에서 의장이 상인회 회장과 노점상 회장을 불러서 해결했다. 점포 골목 앞에서 노점을 하던 두 사람은 빈자리로 옮겨서 장사하게 되었다.

이 일의 후폭풍은 상당했다. 권리 주장을 한 것이었는데, 이 일로 나는 '나쁜 사람'이 되었다. 노점상인들이 오는 손님마다 '저 여자가 여기 장꾼 다 내쫓고 있다.'고 한 것이다. 노점상인들만 그런 것이 아니었다. 어떤 사람은 "에그, 병신 같은 것이 노점상을 싹 내쫓아서 여기 시장이 다 죽었네." 그러기도 하고 또 어떤 사람은 "저 집 동생들하고 어머님은 참 점잖고 좋은 사람인데, 저 여자는 영 아니네." 했다. 심지어 나를 잘 아는 사람도 "자네는 왜 이렇게 억세졌어?"라고 하기도 했다.

시간이 흘러 빈 가게가 채워지면서 점차 시장의 모양새가 갖추어져 갔다. 사람들의 우려와는 달리 점점 활성화되기 시작한 것이다. 그러자 기세등등했던 노점상들의 기세도 한풀 꺾였다.

이처럼 나는 삶의 전장에서 악착같이 살아왔다. 그러다 보니 배짱도 점점 두둑해져서 세상에 무서울 것이 별로 없는 사람이 되었다. 이렇게 세상과 부딪히다 보면 좋은 소리보다는 나쁜 소리를 듣게 된다. 사람들의 따가운 시선과 자신을 모함하는 유언비어에 흔들리지 않아야 한다. 결국은 자신과의 싸움에서 이기는 수밖에 없다. 소문은 퇴색되고 진실이 이길 것이라는 믿음을 가져야 한다.

나도 모르게 단상에 오르다

처음에는 황량했던 세종시도 시간이 흐르자 점차 사람들이 북적이는 도시로서 모양새를 갖추어 가기 시작했다. 대형마트도 곳곳에 들어서기 시작했는데, 이 때문에 전통시장이 피해를 볼 수밖에 없었다. 세종시에 전통시장은 네 곳인데, 세종시 전통시장연합회로 묶여 있었다. 세종시에 대형마트로는 처음으로 입주하는 홈플러스 개장을 앞두고 전통시장연합회가 주최하는 집회가 열렸다. 어디든지 어떤 건물이 들어서면 그로 인해 피해가 생기기 마련이다. 그래서 발전기금이라는 명목으로 이를 보상해 주는 것이 관례다. 대형마트 쪽에 발전기금 등 전통시장과 함께 상생할 수 있는 우리 측의 요구안을 받아들일 것을 주장하는 집회였다. 각 전통시장의 상인들이 관광버스를 대절해서 집회장에 모여들었는데, 300명 가까이 되었다.

주최한 사람들이 단상에 올라가서 우리의 주장을 구호로 외쳤다. 그다음에는 각 전통시장의 대표들이 나와서 차례로 구호를 외치면 모인 사람들이 이를 따라서 외쳤다. 다른 시장의 대표들이 구호를 외치는 순서가 끝나고 마지막으로 우리 시장 대표의 순서가 되었다. 아무래도 내심 어느 시장 대표가 잘하는지 보기 마련이다. 물론 자기 시장의 대표가 잘하길 바라는 것은 말할 것도 없고 말이다. 근데 우리 대표가 올라가서 발언하는데 사람들이 야유를 보냈다. 구호도 제대로 외치지 못하고, 유행가만 부른다면서 말이다. 단상 아래에 모인 사람들 입에서 "대평시장이 제일 못하네." 하는 소리가 나왔다. 내가 보기에도 우리가 제일 못하는 게 뻔히 보였다. 어린 시절 나는 대평시장이 가장 크고 그곳 사람들이 가장 강한 사람들이라고 생각했다. 그런데 그렇게 생각해 온 우리 시장의 모습이 아니었다. 참을 수가 없었다. 그 순간 나도 모르게 단상으로 올라가고 있었다.

"마이크 줘 봐."

그러고는 전단지에 적힌 구호를 보면서 외쳤다.

전통시장 다 죽는다!
대형마트는 각성하라! 각성하라!

내 목소리가 쩌렁쩌렁 울렸다. 그곳에 모인 사람들이 환호하면서 박수를 쳤다. 엄지를 치켜드는 사람들도 있었다. 그때 방송국 기자, 신문사 기자들이 와서 영상을 촬영하거나 사진을 찍고 있었다. 내려가려고 하는데 옆에서 촬영하던 방송국 기자가 한 번 더 하라는 것이다. 그래서 이번에는 사람들을 뒤로 하고 홈플러스 건물 쪽으로 몸을 돌려서 구호를 외쳤다.

전통시장 다 죽는다!

상생경제 외면하는 대형마트는 각성하라! 각성하라!

홈플러스 건물 앞에는 경찰들이 방어벽을 치고 있었다. 내가 그쪽을 보고 구호를 외치자 술렁이면서 이쪽으로 이동해 왔다. 그 전까지는 아무도 그쪽을 보고 구호를 외치는 사람도 없었을 뿐 아니라 구호를 듣고는 전문 시위꾼이 왔나 하고 긴장하는 낌새였다. 단상에서 내려가니 시장 사람들이 "짱이여!" 하고 치켜세워 줬다. 시장 사람들과 대절한 버스를 타고 돌아오는데, 사람들이 "우리가 최고였어." 하며 자랑스러워했다.

그날 저녁, 여러 통의 전화를 받았다. 뉴스에 나온 나를 본 것이었다. 먼저 친구가 전화해서는 "너, 대단하더라." 했다. 이어 여동생한테서도 전화가 왔다.

"언니, 오늘 홈플러스 집회하는 데 갔어?"

"그래."

"그럼 단상에서 구호 외친 게 언니 맞아?"

"그래."

"긴가민가했는데 정말 언니가 맞았네. 근데 언니 전문가처럼 잘하데."

다음 날 방송을 본 다른 사람들도 "아주머니, 잘 하시던데요." 라고 말해 주었다. 동네 사람은 내게 배웠냐며 말을 걸어왔다.

"배우긴 뭘 배워요. 나도 모르게 그렇게 한 거예요."

"근데 그렇게 잘해요?"

사실 나는 남의 일에 나서는 사람도 아니고 그런 자리에 서 본 적도 없었다. 그런데 우리 고장, 우리 시장의 일이다 보니 나도 모르게 단상으로 발을 옮겼다. 솔직히 가장 놀란 사람은 다름 아닌 나였다. 나 자신한테 이런 면이 있는 줄은 전혀 몰랐으니 말이다. 당연히 모든 사람이 이처럼 잘했다고 치켜세워 준 것만은 아니었다. 그게 별거냐고 하면서 대수롭지 않은 일로 치부하는 사람들도 많았다.

5부

'엄니네 식당'의
봉자 이모로 살다

2015년~현재
63세~현재

세종시가 가져온 가족 간의 비극

세종시에서 오래 살았던 원주민들은 박정희 대통령이 수도를 이전한다며 헬리콥터를 타고 이곳을 방문한 기억을 가지고 있다. 세종시가 탄생하게 된 데에는 노무현 대통령의 공이 크지만 전적으로 노무현 대통령의 공만으로 세종시가 생겼다고 생각하지는 않는다. 충남 연기군이었을 때부터 이곳에서 살던 원주민들은 세종시가 되면서 보상으로 부를 얻었지만 대신 혈육 간의 정은 잃어야 했다. 보상금은 수마처럼 세종시의 집집을 할퀴고 지나갔다. 집집마다 몸살을 앓았고 그 후유증으로 대부분의 집들이 가족 간의 인연을 끊었다. 우리 집도 마찬가지였다.

세종시에서 농사를 짓고 있었던 큰집과 작은집은 보상을 많이 받았다. 결혼 초기에 시아버지가 남편 명의로 해준 논을 팔아서 분가한 우리로서는 딱히 보상받을 것이 없었다. 하지만 결혼 초에 한동네에 살던 친척들이 와서는, 시아버지가 돌아가시기 전 학교 앞 밭은 남편에게 주라는 말씀을 남기셨는데 큰집에서 주지 않았다고 말하는 소리를 들은 적이 있었다. 그리고 무엇보다 시

부모님이 남긴 땅 중에는 자식들 각자의 몫으로 남긴 것도 있었지만, 차례상으로 몫 지어 놓은 땅이 따로 있었다. 그 땅에서 난 소출로 한식이나 명절 차례상을 차리라는 뜻이었다. 그렇다면 그 땅이 자식 한 사람의 것이라고 할 수는 없다. 시어머니가 달비(잘린 긴 머리카락)를 팔아서 장만하신 땅이라고 들었다. 시어머니가 그 어린애를 두고 세상을 떠날 때 심정이 오죽하셨을까. 법적으로 그 땅이 장남 땅으로 되어 있다고 할지라도 도의적으로 그러면 안 되는 것 아닌가. 법적인 것보다 인간에 대한 배려가 우선되어야 하는 것이 아닐까 싶다.

네 살 때 어머니를 잃은 남편은 엄마의 사랑이라는 것을 모르고 자랐다. 남편은 쌀밥에 고깃국을 먹고 살았지만, 세 끼니를 죽으로 먹고산 우리보다 더 가여운 어린 시절을 보냈던 사람이다. 우리 어머니가 항시 입에 달았던 말이 "불쌍한 사람이니 잘 돌봐 줘라."는 것이었다. 그 말에 매여 나도 남편 옆을 평생 지키며 살고 있다. 남편의 형과 누이들도 늘 남편을 '내 불쌍한 동생'이라고 한다. 큰집은 그 동네에서 제일 많은 보상을 받았다고 했다. 수십억을 받고도 그 불쌍한 동생한테 한 푼 안 주는 형제라니, 그게 형제라고 할 수 있나. 그리고 그 재산이라는 것도 부모로부터 받은 재산 아닌가. 나중에 자기가 일군 재산도 있겠지만, 그 또한 부모의 재산을 밑천으로 해서 일군 것 아닌가.

이런 행태를 보면서 인간적으로 배신감을 느꼈다. 내가 돈을 못 받아서 약이 오른 것이 아니라 인간적으로 저럴 수 있나 싶은 것이다. 큰집이 이처럼 도의에 어긋나게 행동하면, 작은형이나 누이들이라도 나서서 선후를 밝혀주면 좋을 텐데 아무도 나서는 사람이 없었다. 그래서 작은형이나 누이들이 입에 달고 사는 '내 불쌍한 동생'이란 말이 제일 듣기 싫다. 너무나 위선적인 소리라 듣고 싶지가 않은 것이다. 그런데도 남편은 서운하다는 말 한마디 하지 않았다. 자기 잇속만 차리는 형들과 누나들을 보고 남편은 얼마나 마음이 아팠을 것인가. 그런 와중에 기어이 터질 것이 터지고 말았다.

어느 날 작은형에게서 전화가 왔다. 그런데 전화를 받고 있는 남편 얼굴이 하얗게 질리고 손을 덜덜 떨고 있지 않은가. 부모님의 산소를 어제 이장했다고 작은형이 알려온 것이었다. 날벼락이 따로 없었다. 우리는 이장하는 날을 내일로 알고 있었고 당연히 가려고 생각 중이었다.

그 상태로는 남편이 운전을 할 수가 없어서 아들이 대신 운전해서 그날 밤 큰집으로 갔다. 그런데 문을 흔들고 발로 차도 열어주지 않았다. 남편이 불을 싸지르기 전에 문 열라고 하자 그때야 큰형이 나왔다. 그 순간 남편이 자기 형 멱살을 잡고는 "니가 인간이냐?" 하는 것이었다. 남편의 그런 모습은 처음이었다. 속이 뒤집힐 대로 뒤집힌 것이었다.

내가 쏘아붙였다.

"당신들, 동생은 어디 딴 데서 데려온 의붓새끼야? 왜 어머니 아버지 산소 옮길 때 우리한테 안 알려?"

반말이 나왔다. 윗사람이 윗사람 노릇을 하지 못하니까 예우를 할 수가 없었다. 큰형이 이러쿵저러쿵 변명을 했다. 결론은 산소에서 술을 먹고 싸울까 봐 그랬다는 것이다. 물론 싸움이 날 수도 있다. 그렇다고 해서 그런 중요한 일을 알리지 않고 자기들끼리만 모여서 부모님의 묘를 이장한다는 것은 말도 안 되는 일이다. 남편은 자기가 어릴 때 어머니가 돌아가신지라 어머니에 대한 기억이 없다. 이장을 하면서 어머니를 유골로나마 뵐 수 있는 기회를 남편에게서 빼앗은 것이다. 싸움을 말리려고 같은 동네에 사는 사촌 시아주버니가 왔다.

"당신도 마찬가지야. 당신이 여기 이장도 보고 제일 똑똑한 사람 아닌가요? 그러면 이렇다저렇다 경우를 잘 밝혀야 되는 것 아닌가요?"

남편의 작은형과 함께 나를 그 집으로 데려가려고 힘쓴 사람이었다. 그래서 전부터 그 사람에 대한 감정이 별로 좋지는 않았다.

"사람이 영원히 사는 것은 아니에요. 우리 다 갈 날이 얼마 안 남았어요. 우리한테 이렇게 하면 안 되지. 죽어서 조상을 어떻게 보려고 그러는 겁니까!"

그러고는 근처에 사는 작은형 집에 갔다.

"당신네도 마찬가지야. 말로만 불쌍한 내 동생이라고 그러지. 이렇게 하면 안 되는 거 아니냐고? 이장할 때 왜 우리는 빼먹은 건데? 싸움 날까 그랬다고? 큰형이 그러면 작은형이라도 나서서 해결해 줘야 되는 것 아닌가요? 여러 사람 있을 때 그렇게 하면 안 된다고 한마디 해야 되는 거 아니냐구요?"

그렇게 퍼붓고 돌아왔더니 큰딸이 "엄마, 우리가 있잖아." 하고 위로해 주었다. 이 모든 것을 지켜본 아들도 우리가 있으니까 걱정하지 말라며 거들었다.

"엄마는 그 사람들이 돈을 주지 않아서 화가 나는 게 아니라 인간에 대한 예우를 안 해 줘서 화가 난 거야. 엄마가 돈에 환장한 사람인 줄 아냐? 아니, 나는 순리대로 살고 싶은 사람이야."

원치 않은 결혼을 했기 때문에 딱히 시댁에 대한 애정은 없었다. 그런데 이런 꼴을 보니 더욱 마음이 멀어졌다. 세종시에는 이처럼 가족 간에 분란이 생겨서 왕래를 하지 않은 집이 아마 열에 아홉은 될 것이다. 사람들은 돈에 대한 욕심으로 돈을 주고 살 수 없는 많은 것들을 잃고 산다. 살아가는 데에 돈이 전부가 아닌데 말이다.

참으로 따뜻한 사람, 김권중

　　　　　　　　　　　30년 만에 고향에 내려와서 떡볶이와 호떡 장사를 할 때 노점상과 마찰을 겪으면서 많은 사람들에게서 따가운 눈총을 받았다. 가게를 지나가며 손가락질하면서 "저 여자가 노점상 싹 내몰고 시장을 죽게 만들었어." 하고 노골적으로 말하는 사람도 있었다. 무시한다고 했지만 사실은 상처를 크게 받았다. 그때 몸무게가 9kg 빠졌다. 나를 더 힘들게 한 것은 모르는 사람들의 비난이 아니라 아는 사람들의 비난이었다.

　하루는 호떡을 굽고 있는데, 세 사람이 와서는 호떡을 달라고 했다. 세 사람 중의 한 사람이 먼저 와서 먹고는 맛있어서 나중에 두 사람을 데리고 온 것이었다. 나중에 온 두 사람 중 한 사람이 상냥하게 물어왔다.

　"아주머니는 어디서 오셔서 이렇게 호떡장사를 하세요?"

　"대전서 왔어요."

　"어떻게 대전에서 여기까지 와서 장사하세요?"

　사실 이 사람을 나는 잘 알고 있었다. 어린 시절 한동네에 살던 부잣집 막내아들로 우리 남동생보다 한 살 어렸다. 어렸을 때 동네에서 소문난 개구쟁이였다.

"나는 그쪽 분을 잘 알아요."

그 사람은 이 말에 놀라서 내게 물었다.

"아주머니가 어떻게 나를 아세요?"

내가 웃으며 대답했다.

"자랄 때 개구쟁이로 컸잖아요."

"어디서 사셨어요? 누구세요?"

놀란 얼굴로 연신 물어오는 그 사람한테 여기서 학원을 운영했던 이유복, 이장근이 내 동생이라고 말했다.

"아이고, 제가 존경하는 선배님의 누님이신데, 몰라봐서 죄송해요."

막냇동생 유복이가 자기 아이들을 가르쳐 주신 선생님이었다고 하면서 자꾸 몰라 뵈어서 죄송하다고 그랬다.

"내가 뻔뻔한지는 몰라도 고향에 내려와서 이런 장사를 해도 부끄럽지 않아요."

"아이고, 누님 그런 말씀 하시면 안 됩니다. 누님이 이런 거를 하시구나. 맛있어요."

옛날 개구쟁이였던 꼬마가 인성이 바르고 정감 있는 어른이 되어 있었다. 그렇게 30년 만에 동네 동생 김권중을 만났다. 사무실이 근처에 있었는데, 자주 가게에 와서 호떡을 몇만 원씩 사갔다. 가만히 보니 아는 사람들이 정말 많았다. 각지에서 사람들이 찾아왔다. 세종시에서 가장 발이 넓은 사람이 아닐까 싶었다. 그리고 이 동생에 대한 많은 사람들의 평가가 정말 좋았다. 인간성이 좋다는 평과 함께 사람들로부터 신뢰를 받고 있었다. 그 때문인지 곁에 많은 사람들이 따르고 하는 일도 잘 되는 듯했다.

30년 만에 고향에 와서 사람들한테 상처를 받았을 때 이 동생만이 내게 인간적으로 대우해 주었다. 내 것을 많이 팔아주고 손님을 많이 데리고 와서 하는 말이 아니다. 오랫동안 장사를 해오면서 내가 가장 경계했던 것은 인간관계를 장삿속으로 맺는 것이었다.

호떡 장사를 접고 '엄니네 식당'을 개업했을 때다. 이 동생이 자랑삼아 사람들을 데리고 와서는 "누님, 이 사람은 내 친구인데 대학교수예요." "누님, 이 사람은 옛날에 뭐했던 분이에요." 하면서 소개했다. 그러고는 그 사람들한테 나를 우리 동네 누님이라며 소개해 주었다. 너무 감사했다. 말에 가식이 없었고 사람을 진솔하게 대하는 동생이었다. 개업했을 때 함께 일하는 아주머니가 있었는데, 그 아주머니로부터 나중에 들은 이야기다. 이 동생이 아주머니한테 다가와서는 조심스럽게 말하더라는 것이다.

"정수기를 여기 놓는 거보다는 저기 놓는 게 좋지 않을까요?"

듣고 보니 공간 활용도 그렇고 손님들이 이용하기에도 정수기를 옮기는 것이 좋을 듯해서 그 말대로 했다. 대부분의 사람들이 그런 이야기를 할 때 큰 소리로 지적하듯이 말하기가 십상이다. 그래서 그 말의 타당성을 떠나서 민망해지거나 마음이 상해지고 마는 것이다. 그런데 이 동생은 상대를 세심히 배려하여 조심스럽게 말했다. 그러니 감동을 받을 수밖에!

이 동생이 가게에 오면 엄지손가락을 치켜들면서 "짱이야, 짱!"

하고 말해 준다. 비록 혈육으로 이어진 사이는 아니지만 살갑고 인간성 좋은 동생 하나가 생긴 듯해서 든든하다. 지금은 편한 동생이 되어서 내가 "너무 감사하고 너무 좋아." 하면, 이 동생도 "나도 누님 좋아요." 하고 답한다. 감정을 표현하는 데에 인색한 내가 이 정도로 말할 정도면, 그 사람의 인간성은 최고라는 것이다. 오랫동안 장사를 하면서 수많은 사람을 보고 살아온지라, 사람을 보는 내 눈은 꽤 정확하다. 나는 이 동생이 세종시에서 발이 넓은 것으로도 최고지만, 인간성도 아마 최고일 것이라고 생각한다.

그리고 이 동생은 자신이 의도한 것은 아니었겠지만, 결정적인 순간마다 내게 용기를 주었다. 이 책을 낼까 말까 망설이고 있을 때에도 "누님네 가족사는 다큐멘터리로 만들어도 되겠어요." 하는 게 아닌가. 그 말을 듣고 나자 책을 낼 용기가 생겼다. 늘 내게 좋은 말을 해주고 카카오톡에 좋은 글을 보내주어서 힘과 용기를 주는 사람이다. 김권중 동생에게 진심으로 고맙다.

나는 부나 명예를 쌓은 사람이 성공한 사람이라고 생각하지 않는다. 살아보니 인생살이에서 가장 중한 것은 인간관계다. 돈이 있고 없고를 떠나서 사람들에게서 '저 사람은 좋은 사람이야.'라는 말을 듣고 살면 성공한 인생이라고 생각한다. 그런 의미에서 이 동생은 성공한 인생이다.

자식 자랑하는
팔불출 엄마라고 할지라도

팔불출이라고 해도 어쩔 수 없다. 내가 들인 공에 비해 세 아이들 모두 너무 잘 자라주어서, 늘 고마운 마음뿐이다. 세 아이들 모두 자기 자리에서 자기 일을 성실하게 하는 모범생 타입이다. 아들과 작은딸은 결혼을 해서 살고 있고 큰딸은 아직 싱글이다.

큰딸 희령은 맏이여서 그런지 독하다 싶을 정도로 야무진 데가 있다. 내가 미국에서 돌아왔을 때, 저 혼자 마련한 여비로 바로 영국으로 출국했다. 그동안 제 이모가 운영하는 학원에서 아르바이트를 해서 모은 돈으로 간 것이었다. 영국에서 생활할 때 내 생각이 많이 났다고 했다. 어학에 관심이 많아서 한국에서 있을 때도 늘 영어 공부를 했던 큰딸이었다. 하지만 그렇게 준비를 하고 갔는데도 처음에 적응하는 데에 어려움이 컸다고 한다. 그래서 '알파벳도 모르는 우리 엄마는 얼마나 힘들었을까.' 했다는 것이다. 1년간 영국에서 어학연수를 하면서도 틈틈이 아르바이트를 해서 모은 돈으로 돌아오기 전에 유럽 일주를 했다. 그렇게 하고도 백만 원을 남기고 돌아온 아이다. 돌아와서는 다시 미국으로

6개월간 어학연수를 갔다. 지금은 서울 강남에서 교육 계통 쪽에서 일하는데, 지금도 긴 연휴에는 어학 공부도 할 겸 미국에서 보내고 온다. "미국에 다시 공부하러 갈까?" 하기에, "니가 니 상한가 높이는 거야. 니가 현명하니까 알아서 해."라고 말해 주었다. 자신의 가치를 올릴 수 있는 사람은 자기 자신밖에 없는 법이다.

아들 민용은 대학교 4학년 때 소개팅으로 만난 여자 친구와 결혼했다. 성실하고 실리적인 데가 있는 아들은 대학 다니는 동안 일부러 여자 친구를 만들지 않았다. 돈이 들고 공부도 못한다는 이유 때문이었다. 며느리는 요즘 애들답지 않게 몸가짐이 얌전하고 가정교육을 잘 받고 자란 아이다. 바깥사돈이 경찰 공무원이셨다. 아들이 사돈 어르신들께 인사를 드리러 갔을 때, 키 크고 잘생긴 우리 아들을 보고 안사돈이 마음에 들어서 가슴이 두근두근했다고 나중에 말씀해 주셨다. 아들은 대기업 건설회사에 다니는데, 이번에 승진했다. 워낙 착실한 아들이라 어디를 가나 인정을 받으리라고 생각한다.

아들은 대전에 있을 때 결혼을 시켰고 작은딸 선아는 세종시로 와서 시집을 보냈다. 사돈댁은 교육자 집안이다. 딸과 사위는 같은 대학교 동아리에서 만나 10년을 교제하고 결혼했다. 그러니까 첫사랑과 결혼한 것이다. 교제하는 동안 둘이 싸우는 것을 보지 못했다. 팔이 안으로 굽어서인지는 몰라도, 사위가 여자 보는 눈이 있어서 일찌감치 우리 딸을 점찍은 것이라고 생각한다. 사위는 대기업에서 연구원으로 일하고 있다.

우리 아이들은 사춘기가 있었나 싶을 정도로 부모 속을 썩인 일이 없었다. 다들 판검사나 의사를 자식으로 둔 부모를 부러워하는데, 나는 그 사람들이 하나도 부럽지 않다. 자기 자리에서 착실하게 생활하며 탄탄하게 자리를 잡아가는 우리 아이들이 정말 자랑스럽고 멋지다. 큰딸은 나를 '멋있는 엄마' '강한 엄마'라고 늘 치켜세워 준다. 제 자식에게서 이런 소리를 듣는 일처럼 행복한 게 있을까.

자신들이 원했던 모습으로
살아가고 있는 우리 형제들

아버지는 술을 끊겠다며 외딴집으로 이사 가고 나서 6개월 만에 돌아가셨다. 서울에서 집에 내려왔다가 돌아갈 때면, 그 외진 곳에 어머니와 어린 동생들만 두고 떠나는 발걸음이 무겁기만 했다. 그렇다고 해서 원래 우리가 살던 시장통으로 이사 갈 형편도 아니었다. 어머니와 동생들은 그곳에서 장장 16년을 살았다.

집에 내려와 있을 때 일이다. 내가 그런 것처럼 우리 동생들도 계룡천의 외나무다리를 건너서 금남국민학교, 금호중학교를 다니고 있었다. 아침에 내린 비로 물이 불어나 나룻배를 타려고 동생들을 데리고 냇가로 갔다. 나룻배는 우리보다 앞서 온 학생들을 태우고 출발한 뒤였다. 그런데 눈앞에서 배가 뒤집힌 것이다. 다행히 헤엄쳐서 목숨을 구한 학생들도 있었지만 안타깝게도 여학생 14명과 남학생 1명이 목숨을 잃었다. 그 광경을 눈앞에서 보는데 덜덜 떨려 왔다. 동생들과 내가 늦게 도착하지 않았더라면 우리도 그 참사를 피할 수 없었을 것이다. 1978년 7월 20일에 일어난 일이었다. 그 후, 박정희 대통령이 다리를 놔주었다. 그 다리에는 그때 목숨을 잃은 학생들의 위령탑이 세워져 있다.

남동생 장근이는 검정고시로 고등학교 졸업장을 땄다. 공무원 생활을 하다가 비전이 없다며 그만두고는 공기업에 들어갔다. 그렇게 일하는 와중에도 대학교, 대학원 공부까지 해냈다. 공기업에서 임원으로 지내다가 학원 일을 도와달라는 막냇동생의 청으로 그만두고 막냇동생과 함께 학원을 운영했다.

다섯 명의 동생들 중에서 아버지가 돌아가시고 나서 한 달 만에 태어난 막냇동생 유복이를 생각하면 지금도 눈물겹다. 어머니는 막냇동생을 낳고도 마음 편하게 산후조리를 할 수가 없었다. 그날 저녁 먹을 끼니도 없는 판국이었으니 말이다. 어머니가 그 무거운 몸을 이끌고 장사를 나가면, 갓난애가 젖배를 곯아서 몸부림을 치며 울었다. 울어대는 막냇동생에게 고작 준 것이라고는 맹물뿐이었다. 미음을 끓여서 줄 형편도 안 되었다. 나중에 유복이는 울 기력조차 없어 기절한 것처럼 축 늘어졌다. 그렇게 눈물겹게 자란 막냇동생은 대학을 졸업하고 세종시에 학원을 차렸다. 처음에는 집에서 대여섯 명을 데리고 가르쳤는데, 잘 가르친다는 소문이 나서 서른 명 정도로 늘어났다. 그래서 학원을 차려서 다른 선생을 두고 차량을 운행했는데, 입소문이 나서 점점 학원의 규모가 커졌다. 결국 혼자 감당할 수가 없게 되어서 제 오빠에게 도와달라고 요청했다. 그래서 남동생과 막냇동생이 함께 학원을 운영했다. 이 근방에서는 집에 아이들이 두 명 있으면 두 명, 다섯 명 있으면 다섯 명 모두 동생네 학원을 다녔다. 300여 명의 아이들이 학원에 다녔다. 열정적이고 헌신적으로 가르치기도 했지만,

형편이 어려운 애들한테는 학원비를 받지 않았다. 지금도 지역 사람들은 "선생님이 우리 애들에게 정말 잘해 주시고 잘 가르쳐 주셨다."라고 하면서 막냇동생을 보고 싶어 한다. 그런 이야기를 들을 때면 우리 동생들이 정말 잘 살았고 성공한 인생이구나 싶다. 앞에서도 말했지만 성공은 돈이나 명예에 있는 것이 아니라 사람들의 평가에 있다고 생각하기 때문이다.

지금 우리 형제들은 어린 시절의 굶주림과 가난이란 굴레에서 벗어나 각자 원했던 모습대로 잘 살고 있다. 둘째 장근이는 공기업을 다닐 때 훗날 나이가 들면 부동산 중개업을 하겠다며 부동산 공인중개사 자격증을 초창기에 따 두었다. 그래서 원했던 대로 지금 세종시에서 부동산 중개업을 하고 있다. 셋째 정옥이는 학창 시절 박경리의 〈토지〉를 읽고 대농가로 시집가서 농사를 지으며 살고 싶다고 했는데, 역시나 자신의 바람대로 세종시에서 크게 농사를 지으며 살고 있다. 넷째 경자도 목회자의 배우자로 살고 싶다는 자신의 꿈대로 살고 있다. 경자 남편은 대기업 임원으로 있다가 퇴직하고 신학 공부를 다시 해서 지금 목회자의 길을 걷고 있다. 경자의 남편은 어머니가 사위들 중에서 가장 사랑하고 아낀 사위였다. 배움이 많아서 좋아한 것이 아니라 성경 말씀대로 살아가는 올바른 사람이라서 좋아하고 아끼셨다. 경자 남편은 자신의 삶에서 진리를 실천하며 살아가는 정말 반듯하고 바른 사람이다. 경자가 이렇듯 좋은 배우자를 만난 것은 어머니가 좋은 일을 하셨기 때문이라고 생각한다. 경자가 태어나고 백일쯤 되었을 때, 어머니는 돼지우리에서 산통으로 힘들어하는 여자 걸인을 우리 집으로 옮겨서 돌봐주셨다. 어머니가 이처럼 좋은 일을 하셔서 그 복이 경자에게 간 것이라고 생각한다. 다섯째 단옥이도 제가 원한 대로 가정주부로 여유롭게 살아가고 있다. 단옥이의 남편은 천안에서 건축설계 사무실을 운영하고 있다. 여섯째 유복이도 결혼을 하지 않고 봉사하는 삶을 살고 싶다고 했는데, 자신의 뜻대로 서울에서 사회복지 대학원을 졸업하고 사회사업을 하고 있다. 그리고 첫째인 나도 나이가 들면 국밥집을 하며 살고 싶다고 했는데, 그 바람대로 세종시에서 작은 국밥집을 하며 살아가고 있다. 내가 원한 대로 살아가고 있으니 행복한 마음으로 일하고 있다.

우리 형제들 모두 이처럼 자신들이 원하는 모습으로 살아가고 있으며 가정 또한 불화 없이 잘 꾸려가고 있다. 예전에는 부나 명예가 성공의 잣대였지만, 지금은 자신들이 소중히 여기는 가치가 성공을 재는 잣대가 된다. 그런 의미에서 우리 형제들의 삶은 성공한 삶이다. 우리 집안의 잣대로는 그러하다. 이 모든 것이 살아 생전 어머니가 오랫동안 간절히 기도한 덕분에 이루어진 것이라고 생각한다.

얼마 전에 동생들이 "언니가 있어서 우리는 든든했어."라는 말을 했다. 어머니에게서 사랑을 받았다면, 나는 아버지처럼 자기들을 보호해 주었다는 것이다. 골목에서 남동생이 다른 애들하고 시비가 붙으면, 남동생에게 "내 뒤로 와." 하고는 그 아이들하고 싸웠다. 아버지가 계시지 않았기에 자연스럽게 동생들의 방패막이가 되어야겠다고 생각했을 뿐이다. 내가 그리 살아온 것을 알아준 동생들에게 고맙다.

어머니의 아픈 손가락

어머니는 돌아가실 때까지 내가 원치 않은 결혼을 시킨 것을 가슴 아파하셨다. 미국에 도착한 지 얼마 되지 않았을 때 어머니와 전화 통화를 하게 되었다. 구순이 되신 어머니가 미국에 간 딸이 걱정되어 동생들한테 바꿔 달라고 한 것이었다.

"나 때문에 니 인생이 이렇게 고달프구나. 미안하다. 어서 돌아오너라. 내가 잘못했다."

눈물로 당신이 잘못했다며 내게 어서 돌아오라고 하시는 것이었다. 그동안 힘들고 속상할 때면 어머니께 성질을 부리며 노골적으로 원망했다. 미국에서 어머니의 얘기를 듣고 나는 대답했다. "아녀, 내 운명인 것 같아."라고 말씀드렸다. 전화기를 붙들고 어머니도 울고 나도 울었다. 어머니가 전화를 끊기 전 마지막으로 덧붙인 말씀은 "얼른 돌아와. 니 애들도 남편도 불쌍하잖어."였다. 전화를 끊고는 통곡을 했다. 그제야 비로소 어머니에 대한 원망을 놓을 수가 있었다.

어머니는 안 된다는 말씀을 못하시는 분이었다. 여자 혼자 자식들을 먹여 살리기 힘드셨을 텐데 찡그린 모습도 눈물짓는 모습도 보인 적이 없으셨다. 어머니는 차분히 말씀하셨고 행동거지도 얌전하셨다. 어머니를 기억하는 사람들은 어머니가 천사 같은 사람이었다고 내게 말한다. 어머니는 자식들이 반듯하게 자라서 잘 사는 것을 보고 돌아가셨다. 그런 어머니의 가슴에 못처럼 박힌 존재가 나였다. 평생 어머니의 아픈 손가락이었다. 어머니가 돌아가신 지 이제 5년이 되었다. 어머니께 부칠 수 없는 편지를 올린다.

어머니!

하루에도 수없이 마음으로 불러보는 어머니.

이제는 아버님 곁에서 많은 사랑 받으시며 계시리라 믿습니다. 당신의 딸로 어느덧 반평생이 지난 이즈음 비로소 어머니의 참삶의 만분지일도 못 미치는 저 자신의 삶을 질책해 봅니다.

어머니! 언제나 고달픈 삶 속에서도 자식들에게만은 단아하신 모습, 조용한 음성, 부드러운 모습으로 절대 눈물을 보이지 않으신 어머니. 갑작스러운 아버지의 죽음은 우리 가족 모두를 가난이란 굴레에서 더욱더 헤어나지 못하게 했습니다. 행여 자식들이 배고파할까 늘 땟거리 걱정에 동분서주하셨습니다. 돌이켜보면 어린 시절 어머니가 우리와 같이 편히 앉아 밥 한 그릇을 드신 모습이 기억나질 않습니다. 그것은 아마도 어머니의 몫이 없어서 그랬겠지요.

어머니는 어릴 적 우리에게 늘 배가 아무리 고파도 남이 먹는 모습을 쳐다보지도 말고, 내 것이 아니면 만지지도 말라 하셨지요. 어머니가 우리 곁에 계시지 않던 여덟 살 적의 일입니다. 동네 친구들과 술래잡기를 할 때 친구네 부엌에 숨게 되었습니다. 찬장 유리창 너머로 하얀 쌀밥이 눈에 보였습니다. 조금 더 그곳에 있게 되면 훔쳐 먹을 것 같아서 얼른 뛰쳐나와서 술래가 되었습니다. 훗날 어머니가 우리 곁에 돌아오셨을 때 마음 아파하실까 봐 그 말만은 차마 할 수가 없었습니다.

어머니! 어머니는 저희에게 언제나 교과서 같은 존재이셨습니다. 어머니, 죄송합니다. 어머니의 아픈 손가락이어서. 당신의 딸은 늘 죄인입니다. 어머니는 살아생전 당신의 고달픈 삶을 저한테 나누어 짊어지게 하고 제 인생인 결혼조차 선택의 여지를 주지 못한 것에 늘 마음 아파하셨습니다. 어머니, 이제는 아파하지 마세요. 이 딸은 살아가는 순간마다, 때론 그 끈을 놓고 싶을 때도 있었지만, 어머니의 음성이 제 귓전에 늘 함께했기에 그 끈을 놓지 않았습니다.

훗날 먼 곳에서 제가 "엄마, 엄마 딸 잘 참고 살아왔지?" 하면 "그래, 잘 참고 살아와 줘서 고맙구나." 하실 어머니를 뵐 그날을 생각하며 묵묵히 살다 가겠습니다.

어머니, 어머니가 보고 싶습니다.

큰딸이 올립니다.

'엄니네 식당' 봉자 이모

세종시가 되면서 모든 것이 변했지만 유일하게 그대로 남아 있는 곳이 여기 대평시장이다. 대평시장은 충청남도에서 제일 큰 시장이었다. 1960, 70년대의 가장 융성했던 시기를 지나 내리막길을 걷고 있지만 세종시가 되면서 그 옛날의 활기를 되찾을 거라고 생각한다. 충분히 그럴만한 여건을 갖추고 있는 곳이다.

30년 만에 고향에 내려온 나는 어머니가 오랫동안 장사를 하셨던 이곳 대평시장에 가게를 열었다. 농수산물 시장을 할 때 이곳에서 임시로 채소장사를 했고, 그다음엔 호떡장사를 했다. 지금은 대전에서 식당을 했을 때의 메뉴를 살려서 장사를 하고 있다. 옷 장사했던 곳을 그대로 살려서 꾸미고, '엄니네 식당'이라는 간판을 걸었다. 이곳에서 일하셨던 어머니 생각도 나고, 누구나 그렇겠지만 세상에서 제일 맛있는 밥상은 어머니가 차려주시는 밥상이 아닌가. 그런 의미로 내가 직접 지은 이름이다.

식당에서 고기도 팔지만 나는 우리 식당을 고깃집으로 말하지 않고 국밥집으로 소개한다. 대표적인 메뉴가 사골 시래깃국이다.

사골을 끓여서 만들기 때문에 국물 맛이 진하다. 그리고 가격도 비싸지 않다. 이 시래깃국을 먹어본 손님들은 다음에 와서도 이것을 찾는다. 다른 국밥집에서 파는 맛과는 다르다면서 말이다. 내 나름의 비법이 있는데, 그것은 영업비밀이니 밝힐 수가 없다. 다른 데서 배워온 것은 아니다. 어머니가 장터에서 포장마차를 하실 때 국밥을 만들어 파셨다. 그러다 보니 어머니의 손맛이 은연중에 내게 전수되었고, 이후 그것이 대전에서 식당을 하는 동안 내 식대로 변화, 발전된 것이다.

식당 손님들 중에는 시래깃국 때문에 다시 오는 분들이 많다. 서울에서 내려온 공무원 손님은 시래깃국을 먹어 보고는 맛있다면서 자기 아내와 함께 다시 왔다. 또 다른 손님은 아버지께 드리고 싶다고 포장해 달라고 했다. 나중에 와서 아버지께서 맛있게 드셨다는 말을 전해 주었다. 음식을 만들어 파는 사람으로서 맛있다는 말을 듣는 것이 가장 기분 좋은 일이다. 시래깃국은 내가 자신감을 가지고 파는 음식이다. 몸을 움직일 수 있을 때까지 국밥집을 할 것이다. 사실 칠팔십이 되어서도 할 수 있는 일이어서 국밥집을 선택한 것이다. 작지만 분위기가 좋은 이곳 가게에서 떨어지는 행복을 주워 담으며 살고 싶다.

어머니가 이 시장에서 장사할 때에는 자식들 배 굶기지 않고 학교에 보내 가르치려고 하셨다면, 지금 나는 자식들을 다 독립시키고 한결 여유로운 마음으로 장사를 하고 있다. 어머니가 장사를 하셨던 곳에 있다 보니 어머니 체취를 느끼지 않을 수가 없다. 어머니의 그런 고달프고 종종거렸던 시간이 있어서 오늘날 동생들과 내가 여유롭게 살 수 있는 것이다.

여기 주민들은 우리 식구가 어렵게 살아온 내력을 잘 안다. 어머니가 어려운 와중에도 좋은 일을 많이 했다는 것도, 동생들이 이곳에서 학원을 하면서 아이들을 성심성의껏 가르쳤다는 것도 잘 안다. 그래서 이곳 사람들은 어머니와 동생들을 높게 평가한다. 그 때문에 30년 만에 돌아온 이곳에서 비록 작은 식당을 하고 있지만, 우리 식구가 잘 살아왔다는 긍지와 자부심으로 살고 있다.

　나는 나를 카멜레온과 같은 사람이라고 생각한다. 아름다운 색채로 끊임없이 변하는 카멜레온이 아니라 언제 어떤 상황에서도 대처할 수 있는 힘을 가진 카멜레온 말이다. 나는 카멜레온처럼 어떤 상황에서든 잘 대처해서 문제를 해결하며 살아왔다.

　안 될 일이라고 해서 미리 물러서지 않았다. '무데뽀 정신'으로 기어이 해냈다. 선생님이 학교에 오지 말라고 하는데도 날마다 가서 국민학교에 입학했다. 그리고 미국에서 밀입국자로 체포되어 추방될 처지에 놓여 있을 때에도 포기하지 않고 처절하게 몸부림을 쳤다. 그 때문에 목적지인 뉴욕까지 갈 수 있었다. 이처럼 내 삶에는 무데뽀 정신으로 해결한 것이 참 많다. 무데뽀 정신은 내가 세상을 살아가는 자산이고 무기였다.

　그러나 한편으로는 원치 않은 결혼을 하고, 사는 내내 남편에게 애정이 없음에도 가정을 지키며 살아왔다. 이것만은 내 맘대로 하지 못했다. 세상에 지고 사는 법이 없는 나도 어머니의 말씀에는 늘 지고 말았다. 그래서 나는 스스로 '세상에서 가장 강한 여자이면서 가장 약한 여자'라고 생각한다.

미국에서 보낸 2년은 내 인생에서 가장 값진 시간이었다. 앞만 보고 달려온 내 인생에서 처음으로 가진 휴식 시간이었다. 그렇게 쉬는 동안 나를 보고 환하게 웃어주는 꽃 같은 사람들을 만났다. 그들과 말은 통하지 않아도 마음과 마음으로 교감했다. 나를 좋아해 준 사람들과 그 시간은 이제 내 마음속 행복의 재료가 되었다. 지금까지 가슴속에 쌓였던 모든 것들을 품어내고 정화된 마음으로 내 남은 삶을 살아갈 것이다. 아름답게 지는 노을처럼 마무리되는 삶을 꿈꾼다. 그동안 내 삶이 흩어진 퍼즐이었다면 이제는 완성된 퍼즐로 '브라보!'를 외치고 싶다.

내 이름 봉자 대신 '넘버원'이라 부르셨던 아버지. 나의 아버지는 카리스마 넘치고 정이 많은 분이셨다. 당신께서 가신 후에도 그 영혼은 내 마음과 함께였는지 내가 급박하고 어려운 상황에 처할 때마다 꿈에 나타나셨다. 당신의 자리에 섰던 딸이 가여워 지켜주신 것이라고 생각하며 살아왔다. 좋은 아버지와 어머니의 자식으로 태어난 것에 늘 감사드린다.

처음 책을 쓰겠다고 했을 때 큰딸 희령은 "엄마는 잘하실 수 있어요. 제가 도와드릴게요." 하며 힘을 실어 주었다. 또한 가까이에 사는 동생 정옥이는 내가 어떤 일을 망설일 때마다 "언니는 할 수 있어. 언니는 강하잖아." 하면서 나를 응원해 주었다. 이 책을 낼 때에도 동생은 내게 많은 용기를 주었다. 늘 나를 믿어준 우리 아들과 딸들 그리고 동생들 모두에게 고마움을 전한다.

그리고 40여 년 전 〈선데이 서울〉의 독자 투고란에 실린 글을 보고 '몸과 마음이 아픈 소녀'에게 책들을 보내주셨던 그분들에게도 깊은 감사를 드린다. 그분들이 보내주신 그 수많은 책들은 평생 동안 내 마음의 양식이 되어 주었다. 그래서 지금 이렇게 책을 낼 수 있게 된 것이다.

끝으로 많이 부족한 나를 도와준 출판사 꿈틀의 편집팀 문혜영님과 편집팀장님께도 감사를 드린다.